Le Jour où j'ai dit non

Samia Jaber
Avec la collaboration de Maître Nathalie Tomasini
et Maître Janine Bonaggiunta

Le Jour où j'ai dit non

MICHALON ÉDITEUR

9, rue de l'École-Polytechnique – 75005 Paris
www.michalon.fr
ISBN : 978-2-84186-745-5

À toutes les femmes et tous les hommes qui veulent s'en sortir.
Vous le pouvez si le désir est en vous, il suffit juste de reprendre votre vie en main avec de la détermination.

Préface

16 octobre 2013 – cour d'assises du Val-de-Marne.

« Oui, un crime, c'est bien d'un crime dont il s'agit, Mesdames et Messieurs les jurés.

Lorsque Monsieur C. a pris de force Samia Jaber en pleurs, disloquée sous les coups de tête et les coups de pied qu'il venait de lui asséner, ce n'était pas autre chose qu'un crime !

La Samia qui chantait, que tous ses proches viennent de décrire comme la gaieté même, si vivante ! Cette femme-là est morte ce soir du 6 décembre 2010, lorsqu'il a déchiré son ventre et que son venin est entré en elle. En bafouant son intimité, Monsieur C. a nié l'identité même de Samia.

Il a tué en elle tout sentiment de valeur personnelle.

Il a tué la confiance en l'être aimé.

Il a tué la confiance en l'homme.

Il a tué la confiance en l'autre.

Monsieur C. a voulu, par ses actes de possession, de violence ultime, marquer à vie Samia Jaber, comme le propriétaire qui marque ses bêtes au fer rouge.

Ce soir-là, cette scène de violence terrible, suivie de ces viols, c'est comme si tous ses gestes, ses coups, criaient à Samia : « Tu es à moi, je fais ce que je veux de toi, tu ne veux pas, tu pleures, mais moi je veux et je prends. »

Monsieur C. est accusé aujourd'hui :

– De violences volontaires aggravées ;

– De viol aggravé.

Avec pour ces deux types d'actes non pas une, mais deux circonstances aggravantes :

– D'une part, parce que ces actes ont été commis sur la personne avec laquelle il vivait, sa concubine Samia Jaber ;

– D'autre part, parce qu'ils ont été commis sous l'emprise de l'alcool et de produits stupéfiants.

Est-il coupable ? »

Samia est assise devant nous, une silhouette frêle, voûtée, au visage baigné de larmes. La tension est palpable, enfin, nous y sommes, cela fait des mois de travail et d'anxiété, à nous de jouer.

La traque a changé de camp, Monsieur C. a changé de regard : il paraît pitoyable et a perdu de sa hargne…

Les jurés sont suspendus à nos lèvres. Chacune à notre tour, mon associée Janine Bonaggiunta et moi-même, nous raconterons la lente et inexorable descente aux enfers de Samia jusqu'à cette nuit de violence ultime où son concubin, le père de sa fille, l'a violée…

L'enjeu est de taille aujourd'hui, la cour d'assises doit retenir la qualification de viol et condamner Monsieur C. pour ce crime, car pour Samia Jaber, si tel n'était pas le cas, tout ce long « parcours du combattant » qu'elle a subi n'aura servi à rien, pire encore, elle aura le sentiment terrible de ne pas avoir été crue, et même celui d'avoir menti.

*

*   *

Le 1er décembre 2011, lorsque Samia Jaber a poussé pour la première fois la porte de notre cabinet, c'était une femme brisée qui n'avait même plus la force de continuer à se battre.

Si nous plaidons toutes nos affaires d'assises à deux voix, mon associée et moi-même, j'ai eu l'honneur de recevoir seule Samia ce jour-là. Sous le visage décomposé et ruisselant de larmes, transparaissait la jolie jeune femme pleine d'espoir qu'elle avait sans doute été avant…

« Maître Tomasini, je vous avoue que vous êtes mon dernier espoir. Je suis convoquée devant le juge d'instruction pour la deuxième fois pour une confrontation, mais je ne veux pas y aller, j'ai trop peur, je n'arriverai pas à parler s'il est dans la même pièce que moi, c'est trop dur. »

Nous avons dû user de toute notre persuasion pour que Samia se rende à cette convocation. Le jour de la confrontation fut un moment mémorable. Dans le cabinet du juge d'instruction, Samia, assise près de moi, était tremblante.

J'observai Monsieur C. : de grande taille, la peau foncée, jean déchiré et coiffé d'un bonnet antillais, il semblait confiant et décontracté auprès de son conseil. Il esquissa même un sourire lorsque le magistrat lui demanda de se découvrir afin de respecter le caractère solennel de l'audience.

Lorsque le juge d'instruction s'adressa à Samia, en lui posant les questions les plus délicates sur le moment du viol (enchaînement très précis des actes, des sévices), elle ne faiblit pas. C'est la voix forte et claire qu'elle raconta pour la énième fois l'horreur qu'elle avait vécue, la violation de son intimité, et la négation même de son identité. Et pourtant, je n'avais jamais vu une femme trembler si fort.

Pendant qu'elle parlait, les larmes jaillissaient et coulaient en silence et sans interruption sur son beau visage. Je pris sa main glacée qui se recroquevilla dans la mienne. Elle me fit alors penser à une naufragée, naufragée de la vie, naufragée de l'amour qui se raccroche, pour survivre, à l'ultime espoir que justice lui soit enfin rendue.

Le jeune magistrat l'écoutait attentivement. Et malgré une posture professionnelle, je lus dans son regard une forme d'admiration devant la force et la dignité de cette femme. Je savais que cette audition serait déterminante pour à la fois démontrer l'infaillibilité du discours de Samia et le manifeste manque de crédibilité de la parole de Monsieur C. qui continuait à nier les viols, restant dans le déni tout en s'empêtrant dans de multiples contradictions.

L'ordonnance de mise en accusation qui allait suivre, décision rendue par le juge d'instruction, allait me donner raison. L'incrimination de viol allait être retenue et l'affaire renvoyée devant la cour d'assises du Val-de-Marne.

Lorsque l'on sait que la majorité des viols conjugaux sont correctionnalisés, c'est-à-dire considérés comme des délits, soit comme de « simples violences conjugales aggravées », alors que ce sont des crimes, c'était déjà une victoire pour Samia et une première victoire pour le cabinet BT et associés.

Mais un an plus tard, c'est la condamnation de l'ancien concubin de Samia Jaber à la peine de 5 ans d'emprisonnement dont 3 fermes (avec 3 ans de mise à l'épreuve et obligation de ne pas rentrer en contact avec Samia Jaber, de respecter un suivi thérapeutique avec inscription sur le fichier des délinquants sexuels) qui sera un coup de tonnerre déterminant !

Aujourd'hui, le verdict obtenu dans l'affaire Samia Jaber doit s'analyser comme un message fort envoyé par la société : l'obligation légale du « devoir conjugal » créée en 1810 doit faire place au seul devoir conjugal qui doit subsister, celui du respect de l'autre, celui du respect du corps de son conjoint !

Nathalie TOMASINI
Avocat au barreau de Paris

Introduction

J'ai décidé d'écrire ce livre au passé, car pour moi, aujourd'hui, ce passé est derrière moi. J'ai enfin pu me libérer de tous ces doutes, de toutes ces angoisses et ces peurs, de toutes ces souffrances qui m'avaient enfermée dans cette situation cauchemardesque.

Et je dois dire que c'est grâce à la méditation que j'ai réussi à m'extraire de tout cela.

À travers ce récit, j'espère faire comprendre ce qu'est l'engrenage des violences verbales, psychologiques et physiques, quelles sont les raisons pour lesquelles on est amené à rester avec une personne violente, ce qui explique que l'on se sente obligé de vivre avec ce sentiment. Je souhaite expliquer pourquoi il nous est impossible de fuir, voire même de vivre sans l'autre.

Grâce à ce livre, j'aimerais donc montrer à tous que vivre dans un tel climat de violence ne peut se régler en un claquement de doigts, que partir n'est pas si simple.

Des questions m'ont souvent été posées et reviennent sans cesse dans mes pensées :

« Pourquoi ne l'avez-vous pas quitté ? » et « Pourquoi n'êtes-vous pas partie ? »

On me disait : « Vous êtes restée, car vous aimiez cette situation ! » ou « Vous êtes restée, car vous aimiez les coups ! »

Ce jugement me dérangeait, car il exprimait à mes yeux un réel manque d'empathie à mon égard de la part de celui qui le posait. Il me rendait même responsable de la situation dans laquelle je me trouvais.

Je pense qu'il n'est malheureusement que le reflet du manque d'informations, de connaissances et, par conséquent, de compréhension en ce qui concerne ce terrible sujet.

Les violences faites aux femmes sont souvent mal perçues, mal comprises par ceux et celles qui n'y ont jamais été confrontés.

J'estime que les mentalités doivent aujourd'hui évoluer pour que chaque victime puisse rencontrer l'aide dont elle a besoin et qu'elle mérite.

Cette aide qui va lui permettre de se sortir de la situation de violence extrême dans laquelle son bourreau l'a enfermée.

Malheureusement, et très souvent, il n'y a que très peu d'issues pour ces femmes, et qui ne sont que tragiques :

L'homicide commis par leur conjoint violent ou bien celui qu'elles peuvent commettre envers lui quand il ne leur reste aucun autre choix pour défendre leur vie.

Elles peuvent également en arriver jusqu'au suicide, qu'elles perçoivent comme le seul recours possible, la seule échappatoire à leur désespoir.

Cet geste ultime peut même être (et très souvent) suggéré, suscité et conseillé par leur conjoint violent et pervers.

Avant d'atteindre l'irréparable, j'aimerais que toutes ces femmes comprennent que la société est en train de changer. Il faut donc le dire et le redire : aucun homme n'a le droit de posséder pour son plaisir le corps de sa femme.

Sur quoi était fondé le devoir conjugal, créé en 1810 ? Ne portait-il pas le masque de l'hypocrisie, détourné pour en cacher le sens véritable ? N'était-il pas simplement là pour imposer à une femme un rapport dont elle n'avait pas forcément envie et qu'elle n'avait pas le droit de refuser ? Eh bien, ce devoir a été aboli en 1990. Mais cela reste encore ignoré d'une partie de la société, notamment de nombreux hommes qui considèrent souvent le corps de leur femme comme un instrument à leur service. Ils ne se posent pas la question du consentement ou du désir de leur compagne. Aujourd'hui, imposer un acte sexuel à sa compagne est considéré comme un viol conjugal. Cette reconnaissance du viol au sein du mariage le rend condamnable par la justice, mais la plupart des gens n'ont aucune connaissance de cela, par manque, encore une fois, d'informations, car ils sont conditionnés par leur éducation, leur culture ou la société.

Il faut donc bien insister : aucun homme n'a le droit de posséder le corps de sa femme et de s'en servir comme instrument pour assouvir tous ses désirs, car imposer un acte sexuel à sa partenaire n'est rien d'autre qu'un viol, et non pas une obligation au nom de l'amour.

Comment parler d'amour quand il s'agit uniquement de manipulation grâce à laquelle l'homme violent réussit à créer un état de soumission totale chez sa victime ?

Il utilise la violence psychologique qui crée de nombreux doutes chez sa compagne, qui ne peut alors qu'accepter l'inacceptable.

Ma vision de l'amour est autre.

L'amour meurtrier, c'est soumettre la personne à ses propres désirs en la manipulant, en la rabaissant, en imposant ses choix tout en la tabassant, en lui mettant la pression pour la paralyser afin qu'elle n'ose plus dire non, en usant de son « pouvoir » envers celle qui ne peut se défendre, en se faisant passer pour la victime afin de garder son image intacte de peur d'être jugé par les autres. C'est ne pas assumer ses responsabilités, ni ses erreurs. C'est jouer un rôle pour ne pas être démasqué.

Ensuite, le conjoint, pour se disculper des fautes qu'il a commises, se positionne en tant que victime et installe ainsi sa compagne dans un rôle qui n'est pas le sien ; rôle qui laisse croire à cette femme qu'elle seule est responsable de cette situation tragique et la fait culpabiliser par la même occasion.

Il obtient ainsi le contrôle total de sa compagne qui n'est plus en mesure de discerner le bien du mal. Voilà ce que vous diront toutes les femmes victimes de violences et qui pour la plupart vivent encore dans cette situation !

Posons-nous maintenant la question suivante : Pourquoi tant de violence ?

Quelles en sont les raisons ?

Aujourd'hui, avec le recul, je pense que les raisons de la violence peuvent être très complexes et diverses. Il s'agit souvent au départ d'un manque de confiance en soi, parfois lié à une mauvaise interprétation et application de principes religieux.

La propension au comportement violent prend généralement naissance dans l'enfance, car grandir auprès de parents violents, psychologiquement et/ou physiquement, peut conduire dans certains cas à la reproduction de ces violences.

Et ces personnes traumatisées, et ensuite traumatisantes, ne sont généralement pas conscientes des origines de leur violence.

Or, lorsque la vie n'a pas écorné cette confiance en soi, aimer l'autre semble si simple.

Le respecter, l'écouter, l'aider et tout simplement le comprendre sont autant d'attitudes si faciles à adopter.

Nulle raison alors de juger l'autre et de le rabaisser pour mieux exister.

Lorsque l'on aime quelqu'un et que l'on a confiance en soi, la communication est facile. Les choses sont dites calmement, sans hurlements, ni cris. Le respect de l'un et de l'autre prime. Comprendre l'autre, l'aider à surmonter les épreuves, ne pas le juger, ne pas le rabaisser, mais faire preuve de tolérance : c'est l'essence même de l'amour. Respecter et être à l'écoute de sa partenaire, être complémentaire. Voilà ce qu'est pour moi le vrai sens des mots « couple » et « amour ».

Imposer et soumettre ne sont rien d'autre que les fruits d'un mal-être. D'autres personnes vous diront que c'est un complexe d'infériorité, qui se transforme en complexe de supériorité pour mieux exister et être plus valorisé. En aucun cas, intimider une personne dans le but de la faire céder à la pression est acceptable. J'espère donc que la lecture de ce livre saura apporter l'éclairage nécessaire et suffisant à ce terrible sujet qu'il ne faut surtout pas banaliser.

Exercer un pouvoir sur son conjoint au point de le dépersonnaliser n'est pas la manifestation de l'amour, car personne n'appartient à personne, avec ou sans mariage.

Malheureusement, le silence des victimes est aussi complice du tabou qui pèse sur les violences, de l'indifférence de la société et du manque d'information autour de ce phénomène. Que cela soit en France ou ailleurs, arrêtons de réduire la femme à un simple objet, car elle a tout simplement le droit de vivre et d'exister, le droit d'aimer et d'être aimée !

Chapitre 1

Mardi 7 décembre 2010

Il était 8 h 45 quand le bus s'arrêta devant la gare. Je descendis et regardai l'horloge : je n'avais absolument plus le temps de me rendre au commissariat. Une fois de plus, j'avais peur d'aller porter plainte. J'hésitais. Je pesais le pour et le contre. Je redoutais les conséquences d'une plainte. Pour l'instant, ma seule obsession était d'arriver à l'heure au magasin. J'étais responsable de boutique, alors, pas question d'ouvrir en retard.

Une sensation bizarre me traversa. Ma tête tournait. Les regards que me lançaient quelques curieux me mettaient mal à l'aise. J'avais l'impression de débarquer d'une autre planète, je boitais, j'avais mal à la jambe, la main et le visage totalement tuméfiés.

Alors que je m'apprêtais à emprunter le passage souterrain permettant d'accéder à la gare, j'aperçus des policiers. Je ne savais pas quoi faire, ils n'étaient pas là d'habitude. Et si c'était un signe ? Je devais sans doute saisir cette occasion. J'étais perdue. J'avais peur, le cœur qui battait à tout rompre. J'avais terriblement envie de pleurer, mais je retenais mes larmes. Pas question de sentir les regards des passants se cristalliser encore plus sur moi ! Je me dirigeai vers l'un des policiers et posai une question volontairement ridicule :

« Excusez-moi... J'aimerais juste savoir comment il faut faire pour porter plainte... »

Je connaissais parfaitement la réponse à ma question. Mais j'espérais en fait qu'il me retienne, qu'il me vienne en aide, qu'il me transmette cette force que j'avais perdue...

– Il faut aller au commissariat pour ça. Est-ce que ça va ? » me demanda-t-il.

– Oui, ça va...

J'avais du mal à respirer. Je me dis soudainement que me rendre au commissariat ne servirait à rien. Machinalement, je repris la direction du passage souterrain et m'apprêtai à composter mon ticket.

– Mais vous allez où là ? Attendez, venez avec moi !

Le policier me rattrapa en m'agrippant gentiment par le bras.

– Je vais travailler… lui dis-je.

– C'est votre compagnon qui vous a fait ça, n'est-ce pas ? me questionna l'officier.

Je me mis alors à pleurer en baissant la tête. Je tremblais de la tête aux pieds. J'avais tellement peur de ce qui allait se passer ! L'une des collègues du policier me prit alors par le bras. J'étais perdue. Mes pensées se bousculaient : mon magasin, mon patron, mon enfant, tout se mélangeait. Je me sentais mal, mais en même temps, ce que j'avais tant espéré était en train d'arriver : on me venait en aide, moi qui étais si faible, on me tendait enfin une main pour sortir du gouffre.

– Oui, mais il faut que j'aille ouvrir ma boutique. Je risque d'arriver en retard.

Ce fut la seule réponse que je pus apporter à la question du policier.

– Ouvrir la boutique ? Non, non ! Vous avez vu dans quel état vous êtes ? On s'en fout de la boutique ! Le plus important, c'est vous, vous comprenez ? Il faut que tout s'arrête aujourd'hui.

L'officier me parlait d'une voix ferme, un brin paniquée. Je ressentais de la colère en lui.

– C'est votre mari ? Vous avez des enfants avec lui ? me demanda-t-il avant de se renseigner sur mon nom et mon adresse.

J'hésitais, mais en même temps, tout cela devait cesser ! J'avais une énorme boule au ventre, envie de vomir, mal à la tête. J'étais complètement perdue.

– C'est le père de mon enfant, mais on n'est pas mariés.

Ma voix était tremblante.

– Ok, je vais appeler le commissariat. Mes collègues vont l'arrêter tout de suite et vous allez porter plainte, me rétorqua-t-il d'un ton déterminé.

– J'ai peur de porter plainte. En plus, sa sœur travaille au commissariat.

– On va voir comment on va faire, mais ne vous inquiétez pas ! me lança le policier. Je déteste les mecs qui tabassent leur femme. Je n'ai aucun respect pour eux. Pour moi, ce ne sont pas des hommes. C'est inadmissible de voir ça !

– Il faut que je prévienne mon patron, sinon le magasin restera fermé, murmurai-je tout en continuant de pleurer.

– Appelez-le ! En attendant, je vais faire le nécessaire, m'assura l'officier.

– Je n'ai pas de téléphone, j'ai juste ma puce.

Je suffoquai en songeant à cette fois, un peu plus d'un mois auparavant, où il avait brisé mon portable. Le policier retira alors la puce de son téléphone et me le tendit pour me permettre d'appeler mon patron.

Quelques minutes plus tard, mon coup de fil passé, le policier revint vers moi :

– Voilà, c'est bon, ils sont allés l'arrêter. Par contre, avant de vous rendre au commissariat, vous devez aller aux urgences pour effectuer des constatations ! m'informa-t-il.

– Ah bon ? Je dois aller aux urgences ? Mais pourquoi ?

J'étais étonnée, inquiète. Qu'allait-il se passer ?

– Oui, oui, c'est mieux, j'ai déjà appelé une ambulance. Elle arrive dans une dizaine de minutes ! Mes collègues viendront vous chercher à l'hôpital afin que vous portiez plainte. Ils auront besoin de ce certificat médical. Je sais ce que c'est, croyez-moi, un membre de ma famille a traversé la même chose malheureusement. Pensez à vous et à votre enfant.

C'était bizarre de voir toute cette mobilisation autour de moi de la part des policiers et même de quelques agents SNCF : l'un d'eux me ramenait de l'essuie-tout, car je pleurais énormément, un autre de l'eau en bouteille, puis un autre tentait de me réconforter. Je voyais des allers et venues autour de moi. Je pense ne pas avoir pris conscience de mon état sur le moment.

L'ambulance arriva, un pompier se dirigea vers moi accompagné du policier qui m'était venu en aide. Je les entendis se dire à haute voix que j'étais en état de choc. On m'amena une chaise roulante, et le policier, toujours le même, essaya de me rassurer :

« Allez, ça va aller ! me dit-il en me tapotant l'épaule, vous serez bien mieux après, vous verrez, allez jusqu'au bout et tenez bon ! »

Je le remerciai tout en continuant de pleurer.

Arrivée à l'hôpital, une attente de deux heures aux urgences s'ensuivit et s'écoula sans que je ne m'en aperçoive. J'avais le regard vide et larmoyant, les mains tremblantes, mon corps affaibli par les précédentes nuits blanches et le manque de nourriture. Mais je n'avais aucun appétit, ma gorge était sèche et me serrait, j'étais fatiguée physiquement et psychologiquement. Je me sentais tellement seule, sans personne à qui parler. Je n'avais plus de force, mes larmes coulaient le long de mon visage en silence. Mon esprit était ailleurs et surgissaient devant mes yeux d'interminables images horribles et répétitives. Ces seules images qui me venaient étaient celle de ma mort, de cette mort qui aurait pu me frapper. J'avais si peur. Peur de ce qui aurait pu se passer et peur de ce qui allait m'arriver. Cette peur envahissante me tétanisait.

J'avais des douleurs au cœur. J'imaginais qu'on m'aurait tuée par vengeance, personne n'aurait été au courant. La peur me bloquait, m'envahissait. Elle me chuchotait à l'oreille : « Que vas-tu devenir maintenant ? Où vas-tu aller ? »

Elle m'empêchait de voir la réalité et me faisait raisonner avec fatalité. Était-ce la vie que je méritais ? Qu'avais-je fait pour mériter cela ? Étais-je responsable de cette situation ? Devais-je la considérer comme une effroyable punition ?

La peur avait volé mon identité, mon esprit et s'était emparée de tout mon être. Elle m'avait volé des années, des occasions de dire STOP et avait chassé la force et l'énergie qui m'accompagnaient ! C'était un sentiment étrange, car mon esprit semblait absent de ce corps traumatisé.

La joie de vivre s'était enfuie de moi depuis quelques années pour faire place à la tristesse, la dépression, la mélancolie et l'incertitude. Tout cela m'amenait à me persuader que je n'avancerais pas. Mon avenir ? Je ne l'imaginais pas. Je doutais tellement de moi et de mes capacités à sortir de cet enfer dont j'étais prisonnière.

Mais même si je n'avais plus de force pour me battre, pour survivre, il fallait continuer et ne pas renoncer pour ma fille que j'aimais tant. Je me devais de la protéger, lui épargner souffrance et larmes. C'était sans doute pour elle que j'étais allée ce matin-là vers ce policier.

Je n'avais pas le droit de me laisser aller, je regardai le ciel et j'imaginai de belles choses en me disant que tout était possible, que je devais absolument m'en sortir si je voulais qu'on puisse avoir une vie meilleure, et pour cela, j'étais la seule à pouvoir reprendre le dessus et épargner des souffrances à mon enfant. J'entendis soudainement mon nom émaner du micro. Cela me fit brusquement atterrir sur terre. Je me levai et me dirigeai vers la porte où me recevrait le médecin. Je rentrai et l'attendis cinq minutes.

– Bonjour, Madame ! Que vous arrive-t-il ?

– Eh bien, j'ai été tabassée par le père de ma fille…

Je parlais à voix basse.

– Je vais examiner tout ça ! me répondit le praticien tout en scrutant mon visage. Il n'y est pas allé de main morte ! Que s'est-il passé ? Racontez-moi. Est-ce qu'il était ivre ?

– Oui, il avait bu, il était complètement soûl. J'ai reçu deux coups de tête, un au visage et un sur le crâne. Et aussi des coups à la jambe. J'ai très mal à la main et au crâne.

Je touchai mon front en pleurant.

– Est-ce que vous avez perdu conscience et vomi lorsqu'il vous a mis ce coup à la tête ? me questionna-t-il d'un ton plein de compassion.

– Non, mais j'étais étourdie, j'ai vu plein de petites étoiles.

Des larmes coulaient le long de mes joues.

– Ok, d'accord, c'est un traumatisme crânien que vous avez eu, mais sans perte de connaissance. Est-ce que vous avez mal ici ? me demanda-t-il tout en m'appuyant autour de l'œil. Est-ce qu'il vous a fait autre chose, en plus de vous avoir si sauvagement tabassée ?

Le ton du médecin était rempli d'empathie. Peu m'importait, je n'avais pas envie de me confier.

– Oui… Mais je n'ai pas trop envie d'en parler…

Mon interlocuteur me lança un regard interrogateur et fronça les sourcils.

– Montrez-moi votre jambe.

Je sursautai lorsqu'il appuya sur mon mollet. Je voulais que tout cela se termine vite !

– Je vais faire un bandage à votre main, elle est très gonflée. Vos doigts ont enflé aussi. Il tenta de bouger ma main. Je bondis, le poignet me faisait horriblement mal.

Quarante-cinq minutes plus tard, les constatations terminées et l'arrêt maladie rédigé, le médecin me souhaita bon courage, me dit de ne pas lâcher. Je le remerciai comme je pouvais. N'ayant pas de téléphone, la secrétaire médicale m'autorisa à passer un appel. Comme convenu, j'appelai donc le collègue du policier de la gare, ce dernier m'avait donné son numéro pour lui passer le relais. Il arriva avec deux collègues un quart d'heure plus tard.

Une fois au poste, je me sentis de plus en plus mal : j'avais une boule au ventre tellement j'avais peur de tomber sur F. On m'installa dans un bureau. Je ne sentais plus mes jambes tellement elles tremblaient. Commença alors la déposition avec la policière…

– C'est votre mari qui vous a fait ça ? me demanda-t-elle d'un ton chaleureux.

– Oui, c'est le père de ma fille.

Je commençai à lui décrire les scènes de violence, celles de la nuit passée, des années précédentes…

La déposition dura un moment. Je lui appris que la veille, une demi-heure après m'avoir tabassée, il m'avait forcée…

– Comment ça il vous a forcée ? Vous pouvez me donner plus de détails s'il vous plaît ? Vous n'étiez pas consentante ?

– Non…

– Avez-vous exprimé clairement que vous ne l'étiez pas ?

– Oui, en disant : « Non, je ne veux pas, non, je ne veux pas !

– Donc, il vous a violée !

– Non, il ne m'a pas violée, il m'a juste forcée !

– Oui, donc c'est un viol !

– Mais non, ce n'est pas un viol, c'était du forcing !

J'insistais. Je continuais de pleurer. J'étais tellement fatiguée !

La policière, un peu embêtée, me regarda en appuyant son menton sur son poing et me dit calmement :

– Madame Jaber… Étiez-vous ou n'étiez-vous pas consentante ?

– Non, je ne voulais pas. Je venais de me faire tabasser !

– Ok… Quand on force quelqu'un à avoir un rapport alors que la personne n'en a pas envie, comment ça s'appelle Madame Jaber ?

Je gardai le silence quelques secondes, commençant à prendre conscience de ce qui m'était arrivé, même si j'avais du mal à l'admettre. Puis je répondis : « Ça s'appelle un viol… »

– Voilà, je sais que c'est dur Madame Jaber.

– Oui, mais c'est le père de mon enfant…

– Même si c'est votre mari ou le père de votre enfant, cela reste un viol ! Et c'est donc puni par la loi. Je repensai tout à coup à la sœur de F. J'avais peur des représailles. Je changeai d'avis, je ne voulais plus porter plainte.

– Je veux retirer ma plainte !

– Comment ça vous voulez retirer votre plainte ?

– Oui, j'ai trop peur !

– Vous avez peur de quoi, Madame Jaber ?

– J'ai peur de monsieur C. !

– Monsieur C. est en garde à vue, vous n'avez rien à craindre. De toute façon, on ne peut plus retirer la plainte, c'est trop tard.

Puis, alors que l'une de ses collègues venait de rentrer dans la pièce, elle lui lança :

– Madame Jaber veut retirer sa plainte !

La nouvelle venue me regarda, volontairement interloquée :

– Pourquoi vous voulez retirer votre plainte ?

– J'ai trop peur, en plus sa sœur travaille ici, dans ce commissariat !

– Elle s'appelle comment ?

– Elle s'appelle K.

– Et donc vous voulez la retirer pour eux ? Même si elle travaille ici, il ne faut pas avoir peur ! De toute façon, elle n'a rien à vous dire, stric-te-ment rien à vous dire ! On n'enlèvera pas votre plainte ! Vous allez la garder et vous irez jusqu'au bout ! Vous savez pourquoi, Madame Jaber ? Parce qu'on n'a pas envie de vous récupérer morte dans une semaine ! On a déjà retrouvé une femme morte sous les coups de son mari il y a dix jours, je pense que ça suffit, il y en a marre des cadavres !

La policière qui avait commencé à prendre ma déposition continua de me regarder :

– Est-ce que vous avez des choses à faire dans l'immédiat ?

– Je dois aller chercher ma fille à la maternelle.

– Pourriez-vous la laisser à la garderie ?

– Mais pourquoi ?

– Vous allez partir tout de suite pour les UMJ. Mes collègues vont vous emmener.

– Mais je ne peux pas, il n'y a personne pour récupérer mon enfant !

– C'est très important, on doit vous faire des examens, la garderie c'est jusqu'à quelle heure ?

– 19 h.

– Vous y serez bien avant.

J'acceptai sans argumenter d'aller aux UMJ, je ne savais même pas de quoi il s'agissait ! Je m'y rendis munie des papiers que l'on m'avait donnés aux urgences.

Les policiers me demandèrent de les rappeler une fois que j'aurais terminé, ils viendraient me chercher. Je rentrai donc dans ce centre et j'attendis. Une infirmière arriva et me prit les papiers ainsi que le courrier du commissariat. Elle me fit patienter et revint vers moi pour me faire rentrer dans une salle. Je m'allongeai. Une autre de ses collègues pénétra dans la pièce :

– Je suis déjà allée aux urgences, j'ai fait des constatations, je ne comprends pas ! lui dis-je.

– Oui, mais là, ce n'est pas la même chose. Vous êtes aux unités médico-judicaires. Cela répond à une demande du juge d'instruction.

Je me sentais dans un état totalement second. L'infirmière mesura chaque bleu, m'examina, me prit en photo, nota des remarques sur une feuille. J'en avais marre, j'étais tellement fatiguée, j'avais l'impression d'être dans un cauchemar. Puis s'ensuivit l'examen gynécologique. Tout cela se conclut par une piqûre que je n'avais pas envie de faire : je déteste les aiguilles et je ne voulais pas terminer ma journée ainsi. N'ayant pas le choix, je demandai à l'infirmière de me la faire sur le bras gauche afin d'éviter de bouger ma main droite qui me faisait affreusement mal. Elle n'y parvint pas. La fameuse piqûre se fit finalement sur le mauvais bras.

Une fois tout terminé, elle me posa des questions, me demanda comment je me sentais, se renseigna sur mon état tout en continuant de noter. Elle tenta comme elle put de me réconforter avant de s'absenter une dizaine de minutes.

Lorsqu'elle revint, l'infirmière m'indiqua que l'examen était terminé. Elle me précisa également que le juge avait ordonné une consultation chez un expert-gynécologue. J'aurais dû prendre ce rendez-vous, mais elle avait préféré s'en charger elle-même, de peur que je ne le fasse pas. Ce serait pour le jeudi 9 décembre, deux jours plus tard.

Ce nouvel examen médical confirmera bien les faits.

Une fois sortie du centre, j'appelai les policiers depuis une cabine, puis je les attendis. De retour au commissariat, je remis à la policière l'enveloppe qui m'avait été donnée aux UMJ.

Les mêmes policiers m'escortèrent alors jusqu'à l'école de ma fille. Avant de me laisser, ils insistèrent : je ne devais pas hésiter à les appeler au moindre souci.

Voilà ce que fut cette journée interminable, fatigante. J'étais dans un autre monde, j'avais l'impression que l'Invisible avait communiqué avec les policiers, les médecins, l'infirmière, afin que tous me viennent en aide sans que j'aie à demander quoi que ce soit. Car, au final, je n'avais rien demandé. J'étais restée spectatrice de ma situation. Cette force invisible avait simplement synchronisé les événements. Si ce policier ne m'avait pas empêchée d'aller travailler et n'avait pas, avec ses collègues, fait toutes ces démarches, je n'aurais certainement rien fait. C'est une certitude. Je serais restée empêtrée dans cette situation invivable. Je suis infiniment reconnaissante envers toutes les personnes rencontrées ce jour-là. Elles ont contribué à ce que je m'en sorte, car à ce moment-là, une chose fut importante : attraper la main qui était tendue pour sortir du gouffre, moi je l'ai saisie avec la force de tout mon être et de toute mon âme, j'étais convaincue que ces personnes n'étaient pas là par hasard, je n'avais d'ailleurs plus aucune force afin de décider pour moi, ni ne savais ce que je devais faire.

J'étais consciente qu'il se passerait quelque chose par la suite, mais face à une équipe aussi professionnelle, réactive et dotée d'une réelle empathie envers moi, je fus rassurée, toutes les décisions émanaient d'elle, les laisser faire était le seul moyen pour que toute cette violence s'arrête et que je puisse sortir la tête hors de l'eau.

Ce n'est pas le courage qui manque ou la détermination, mais c'est cette peur qui empêche de prendre toute décision réfléchie. Je pense que les femmes qui sont victimes de violence conjugale et qui hésitent à aller jusqu'au bout ont besoin d'une certaine écoute et d'un soutien particulier afin de se battre pour la suite.

CHAPITRE 2

Lorsque je suis née, mon père était à la retraite. Quant à ma mère, elle avait toujours été femme au foyer. C'était difficile pour nous, car cette dernière était quelqu'un qui dominait en permanence.

Nous n'avions pas le droit de sortir ou de faire des activités comme tous les enfants de notre âge. Elle ne savait s'exprimer que par la violence physique et psychologique.

Je ne peux pas lui en vouloir, car elle a vécu des choses pas évidentes. Mariée à l'âge de quinze ans, son éducation reposait sur l'art du secret, sur le paraître, ainsi que sur le sacrifice. Il fallait obéir à ses parents, même s'ils avaient tort.

Ma mère n'a pas eu de modèle maternel. Comment aurait-elle pu nous éduquer autrement que par ce qu'elle avait connu ? Elle n'avait eu aucun repère. Je ne rentrerai pas dans les détails plus que cela. En revanche, je peux dire que ma mère éprouvait de la tristesse et un profond désarroi lorsqu'elle pensait à sa jeunesse. Elle en avait toujours voulu à ses parents de l'avoir mariée si jeune, de ne pas avoir pu terminer ses études. Par ailleurs, lorsqu'elle vivait au Maroc dans sa famille, ma mère n'avait le droit à rien : pas de cinéma, pas de restaurant, pas d'activités avec d'autres filles de son âge. Tour cela était mal vu. À l'époque, une jeune fille de bonne famille devait rester chez elle à broder, coudre et cuisiner. Tout était fait pour entretenir l'innocence le plus longtemps possible. D'ailleurs, ma mère tomba enceinte juste après son mariage.

J'avais essayé de la comprendre une fois en âge de savoir pourquoi elle avait ce comportement-là. Je me posais beaucoup de questions sur sa manière d'être : était-ce normal ? Les autres mères que je voyais à la sortie de l'école étaient si douces, tellement gentilles, elles exprimaient beaucoup d'amour envers leurs enfants, les câlinaient et les écoutaient. J'étais parfois envieuse de ces familles heureuses où la communication était primordiale pour préserver l'équilibre et la bonne entente.

Parfois, je pensais que recevoir des coups était quelque chose de normal et que toutes les familles fonctionnaient comme cela. J'avais appris à les encaisser comme le reste de mes frères et sœurs, qui eux ont gardé, aujourd'hui encore, bien des séquelles.

Le souci est que ma mère, exposée au cours de son enfance à de fortes violences psychologiques, a reproduit exactement les mêmes erreurs que ses parents envers nous, ses enfants.

Je n'ai pas eu une enfance extraordinaire. Je suis la dernière d'une fratrie de sept enfants, de racine berbère. Je n'ai pas grandi avec les aînés, qui ont quitté la maison lorsque j'étais encore petite. J'ai évolué grâce à mes propres expériences, en observant l'univers qui m'entourait. Dès mon plus jeune âge, je me mis à me poser des questions d'ordre métaphysique. J'étais aussi malheureuse, car j'avais le sentiment que mes frères et sœurs ne se mettaient pas à ma place. J'avais une personnalité très différente des leurs : j'avais besoin d'être entourée, de leur protection, de leur affection. Or, je me sentais délaissée, parfois rabaissée par leur manière de s'exprimer envers moi. Par exemple, lorsque je n'arrivais pas à faire mes devoirs, ils me hurlaient dessus, et me persuadaient que je n'arriverais jamais à rien. Cela a bien entendu eu un impact sur mon développement personnel et a généré un grand manque de confiance en moi. Du coup, une indifférence s'installa entre eux et moi.

Je me forgeai donc seule et les traces de ce mal-être me poursuivirent.

Aujourd'hui seulement, j'ai compris le sens de la vie et j'ai surtout appris à relativiser, j'avance.

Malheureusement, en grandissant, je voyais que bien d'autres familles orientales connaissaient ce genre de climat. C'est souvent le seul moyen de s'exprimer, le seul moyen qu'ils connaissent. Taper un enfant est une normalité et une banalité pour eux, la correction physique fait partie de l'éducation. La violence psychologique sur les enfants génère aussi beaucoup de dégâts au cours de leur développement. Les séquelles sont là et leurs raisonnements sont parfois erronés. C'est une bien grave erreur que de penser de cette manière. Les parents façonnent leurs enfants à leur propre image et peuvent ainsi fabriquer de futures machines à violence sans s'en rendre compte, car tout vient de l'enfance ! Puis qu'advient-il des sentiments premiers et profonds des enfants pris dans ce tourbillon néfaste ? Les parents font-ils attention à eux ? Ou sont-ils seulement préoccupés par leur égoïsme, leur réputation, leur position sociale et tous ces faux-semblants ?

Pour ma part, au cours de mes jeunes années, j'encaissai, je pleurai, je subis. Je restai patiente pour mon père qui commençait à s'affaiblir.

Mais arrivée à l'adolescence, je décidai que les coups devaient s'arrêter, je me rebellai et me défendis contre ma mère en atteignant l'âge de dix-sept ans. Après avoir vu ma réaction, elle changea littéralement d'attitude envers moi. C'était en effet la première fois pour elle que quelqu'un osait la contredire et lui dire les choses en face : mes sœurs n'avaient jamais eu ce comportement, ni la force de dire les choses. Avec elle, la communication était souvent impossible. Mais, avec le temps, elle avait appris à connaître mon caractère. Elle ne pouvait plus rien me dire, plus me taper, c'était terminé ! Je ne me laissais plus faire.

CHAPITRE 3

Comme je n'avais pas le droit de sortir, la seule échappatoire que j'avais pour respirer était de me rendre chez mon professeur de musique et de chant. D'origine anglaise, elle se nommait Madame Berthy et était la demi-sœur de l'acteur Jean Marais.

Je suivais ses cours depuis mes 5 ans : au départ, je faisais de la danse classique. Puis, à 10 ans, elle me conseilla de développer mon talent pour le chant, car elle trouvait que j'avais une belle voix pour mon âge, cela pouvait être une discipline qui me permettrait d'exprimer mon mal-être, ma tristesse et mes émotions.

Elle connaissait ma famille depuis fort longtemps, elle était au courant d'absolument toutes nos histoires. Elle en avait d'ailleurs longtemps voulu à ma mère. Cette dernière avait empêché ma sœur, danseuse ballerine très brillante, de faire son entrée à l'Opéra de Paris où elle avait été admise. La carrière qu'elle aurait pu y faire aurait été d'une grande ampleur. Parfois, j'en éprouve de la tristesse, car sa vie d'artiste a été gâchée !

L'apprentissage du chant fut une providence à mes yeux, c'était un secours pour oublier et m'évader de cette ambiance qui me tourmentait. Madame Berthy me faisait travailler d'arrache-pied, me parlait avec un langage soutenu d'une autre époque, me bousculait gentiment pour me faire atteindre certaines notes, parfois jusqu'à l'épuisement. Mais elle prévoyait toujours des gourmandises, car elle savait que j'aimais cela. Elle était convaincue de mon potentiel et rêvait un jour de me voir chanter sur une scène : elle me faisait comprendre que j'avais quelque chose en moi, mais ne savait l'expliquer. Elle affirmait que j'irais loin un jour. Elle m'a prise sous sa coupe, m'a formée, et a contribué à m'inculquer un savoir-vivre :

« Une jeune fille doit parler correctement et bien se tenir ! Enfin, voyons ! Tenez-vous droite mon enfant, la tête haute ! Allez, reprenez-vous maintenant ! » disait-elle d'une voix forte, ferme et sèche avec sa canne à la main.

Elle me faisait peur parfois, mais je l'aimais tellement ! Elle était si exigeante, perfectionniste, autoritaire et sévère. Elle me surveillait et me regardait souvent avec des yeux affectueux accompagnés d'un sourire. Lorsque je travaillais bien mes vocalises, mes exercices de diction et de chant, j'avais alors droit à une récompense : de l'argent de poche ! Elle me prenait dans ses bras en me répétant inlassablement qu'elle était fière de moi… C'était étonnant de sa part, car elle ne se comportait pas comme cela avec les autres élèves. Ce n'est qu'à l'âge de vingt ans qu'elle m'expliqua pourquoi elle avait été si dure par moments avec moi : elle voulait me voir réussir et que je puisse avoir un bagage par la suite.

À 80 ans passés, Madame Berthy était une femme forte : elle avait traversé les deux guerres mondiales. L'Occupation en particulier l'avait profondément marquée, tout comme mon père, auquel elle inspirait un profond respect. Sachant cela, elle me racontait souvent ses péripéties de l'époque. Même en ces périodes obscures, le chant avait toujours été son compagnon. Je l'écoutais avec attention, car cela me fascinait.

Ces histoires étaient aussi des prétextes pour m'éviter de passer trop de temps avec ma mère. Cela me permettait par ailleurs de décompresser avant de rentrer chez moi.

J'eus droit aux cours gratuits du conservatoire privé durant de longues années : de dix à vingt ans, l'âge auquel j'obtins mon diplôme de chant. Madame Berthy a refusé toute rémunération, même quand j'eus l'âge de la payer. Cela fut un vrai privilège, une chance inespérée. La reconnaissance que j'ai pour elle est immense ; elle m'a fait grandir et comprendre des choses que je ne saisis qu'aujourd'hui. Les cours de chant m'ont aidée à tenir, à survivre dans une ambiance difficile, et cela, elle l'avait compris. Certains de mes camarades se moquaient de moi à cause du chant lyrique, car c'était une obligation pour moi afin d'accéder au gospel et aux autres chants que j'appréciais, je ne faisais pas attention à eux, je les laissais parler et les ignorais.

Aujourd'hui, j'ai appris à apprécier la musique classique et l'opéra. Certains chants me rappellent à l'ordre afin d'éviter d'oublier mon objectif : continuer à avancer dans la vie sans me soucier du passé.

Chapitre 4

Quant à mon père, il était un ancien combattant et avait fait partie de la Résistance française. Il fut prisonnier de guerre en Allemagne pendant la Seconde Guerre mondiale, avec trois évasions à la clé. La dernière fut la bonne. Il a également été soldat durant la guerre d'Indochine. Il vécut des choses difficiles durant cette période de sa vie qui l'ont affecté même après, des images lui revenaient souvent en tête et il en faisait parfois des cauchemars, il me racontait ces scènes d'horreurs auxquelles il avait survécu, ce temps l'avait fortement marqué, il en avait gardé des séquelles comme tous les soldats de cette époque.

C'est lui qui m'éleva et m'inculqua les mots « respect » et « indépendance » dès mon plus jeune âge. Après les événements dramatiques qu'il avait traversés, il était important pour lui que je puisse me débrouiller seule, il voulait me rendre forte pour affronter les situations délicates auxquelles j'allais être confrontée au cours de ma vie et être résistante à mon tour. J'ai eu la chance de passer beaucoup de temps en sa compagnie, car je suis née l'année de ses 63 ans. En vérité, c'est à lui que je dois l'éducation que j'ai reçue.

Notre relation fut vite extrêmement fusionnelle, car mes frères et sœurs avaient alors déjà quitté notre foyer. Ma jalousie à son égard pouvait m'amener à des comportements excessifs envers mes aînés. Il m'était insupportable de devoir le partager avec eux et surtout avec ma mère.

Mais étant le seul enfant à la maison, je trouvais normal qu'il ne s'intéresse qu'à moi.

Quand j'étais dans ses bras, rien ne pouvait m'arriver. J'étais rassurée, enfin apaisée.

Sa chaleur et la douceur de sa voix m'enveloppaient et me berçaient.

Mon seul désir était d'être à ses côtés, me lever avec lui, manger avec lui, dormir près de lui.

Et j'attendais chaque jour avec impatience la sonnerie de l'école pour pouvoir le rejoindre.

Je savais qu'il serait comme toujours là à m'attendre et prêt à m'emmener dans le parc voisin.

Alors oui, c'était le seul que j'écoutais.

J'obtempérais sans rechigner à chacune de ses demandes.

Son discours envers moi était très différent de celui de ma mère qui exprimait de façon violente ses exigences par des cris incessants.

Il profitait d'ailleurs des voyages de ma mère au Maroc pour m'autoriser à faire ce que je n'avais habituellement pas le droit de faire en sa présence, comme sortir de la maison tout en me donnant des horaires que je respectais évidemment.

Mais je dois dire qu'il était plus fréquent que je reste chez moi, car au fil du temps, le monde extérieur m'était devenu angoissant.

Sous la pression maternelle, notre maison s'était transformée en prison que j'avais paradoxalement beaucoup de mal à quitter.

Ce manque de confiance en moi et cette timidité qui s'étaient installés ressemblaient à un fil à la patte dont je n'arrivais pas à me débarrasser.

J'avais cependant la chance d'avoir avec mon père cette relation si proche et rassurante. Il lui arrivait même d'ouvrir les hostilités avec ma mère lorsque celle-ci dépassait les limites dans son comportement vis-à-vis de moi.

Conscient de ce qu'elle avait fait supporter à mes frères et sœurs, il s'employait à ce que ma vie soit différente de la leur.

Mon père était musulman pratiquant, croyait en Dieu, tout en reconnaissant aux femmes leur liberté et leur valeur, les traditions n'avaient rien à voir avec la religion. Par ailleurs, pour lui, avancer dans la vie, c'était tirer des leçons de ses erreurs, pour grandir, évoluer. Cela ne servait à rien d'empêcher un enfant de faire des choses interdites ; pour lui, cela faisait partie de l'apprentissage de la vie. Il prenait le temps d'avoir des discussions constructives avec moi, surtout quand je ne comprenais pas le sens de mes erreurs. En tout cas, mon père m'a appris à observer ce qui m'entoure, à être entièrement indépendante.

J'avais également avec lui des débats interminables et enrichissants sur le sens de la vie. Il nous arrivait fréquemment de parler de religion ou de métaphysique. Il étudiait le Coran et m'autorisait pourtant à lire la Bible que mon frère Maurice, qui était régulièrement bénévole à Lourdes, m'avait ramenée quand j'eus l'âge de neuf ans ; ce qui était d'une grande modernité pour un homme de son âge. À cette époque-là, il est vrai que la religion m'intéressait. Je voulais comprendre pourquoi il y avait tant de choses illogiques dans le comportement humain et dans le monde en général. Nous échangions parfois des informations pour voir les similitudes entre la Chrétienté et l'Islam. Il disait que pour comprendre un peuple, il fallait connaître son histoire et éviter de juger, car, en ce bas monde, nous ne sommes pas grand-chose.. Il était très tolérant, respectueux, et parce qu'il a vécu des choses atroces durant la guerre, il ne nous a jamais empêchés d'étudier d'autres religions, car cela est parfois impossible de faire rentrer une Bible chez soi ou de parler d'une religion autre que l'Islam, mais lui nous a laissé le choix et la liberté à ce niveau.

Il m'a beaucoup aidée à réfléchir sur l'attitude juste à adopter dans telle ou telle situation en privilégiant la retenue et l'intelligence plutôt que l'impulsivité et la bêtise. Il n'avait pas vraiment une très haute opinion des donneurs de leçon. Mon père était également mon confident et mon conseiller puisque je lui racontais tout dans les moindres détails, y compris mes amours.

Il insistait souvent sur le fait que les hommes d'aujourd'hui ne sont plus comme ceux de sa génération. Une femme selon lui devait pouvoir se débrouiller seule, être indépendante financièrement. C'était la seule conduite à tenir : travailler était le seul moyen d'accéder à la liberté. Il est d'ailleurs allé dans son raisonnement jusqu'à m'enseigner la maçonnerie. Il était primordial à ses yeux que je me familiarise le plus tôt possible avec le monde du travail. C'est ainsi que je me suis retrouvée à l'âge de treize ans à distribuer des prospectus pour le comédien Éric Collado. Mon père voulait avant toute autre chose m'enseigner la valeur de l'argent et les efforts nécessaires pour parvenir à ses rêves. Il me disait toujours : « Donne-toi les moyens, ça ne te tombera pas du ciel ! » Mais j'étais trop jeune à cette époque pour comprendre l'importance de ce message. Je réalise à présent qu'il avait conscience qu'il me quitterait bientôt. Il était urgent pour lui que je m'endurcisse. Il voulait me rendre moins sentimentale et plus forte pour pouvoir m'envoler sans lui. Ce qu'il a réussi…

C'était parfois dur de faire semblant, de sourire, de me cacher derrière une apparence forte, au fond de moi il y avait parfois de l'amertume, car je pensais qu'il n'avait pas vraiment d'amour pour moi. C'est bien plus tard que je compris qu'il avait fait cela justement parce qu'il m'aimait, il m'avait simplement formée pour affronter les combats dans ma vie.

Toutes ces discussions me manquent. Même s'il était âgé, il avait toute sa tête et était bien ancré dans la réalité. Pour moi, c'était un grand homme plein de sagesse, même s'il avait reconnu avoir fait des erreurs. Je peux dire que je suis très fière de mon père, de sa vie et de son parcours.

Ce qu'il me reste surtout de lui aujourd'hui, ce sont ses paroles :

« Ma fille, une femme se doit de travailler. Tu dois rester libre, car la liberté de la femme reste son indépendance, tu ne dois rien attendre d'un homme ! Surtout pas ! Les hommes d'aujourd'hui ne sont plus comme autrefois. Et même si un jour tu rencontres un homme avec une très bonne situation, toi tu continueras de travailler, car cela te permettra de toujours t'en tirer si tu traverses une situation délicate. Que feras-tu si ton mari meurt dans un accident ou qu'il divorce ? Le travail, c'est la liberté ! Sois libre ma fille ! »

Ses paroles étaient si vraies ! Ce sont d'ailleurs les mots de mon père qui résonnèrent à mes oreilles dans les moments de doute et me permirent de me relever.

Lorsque j'ai senti que mon père allait partir, une petite voix retentit au fond de moi en me disant qu'il était temps d'aller chercher du travail. Je devrais aider ma mère dont les ressources financières étaient incertaines. Je fus alors contrainte de quitter l'école alors que je rêvais d'être archéologue ou historienne. La vie en avait décidé autrement.

Chapitre 5

Pendant les deux années qui ont précédé la disparition de mon père, malgré le dépôt de C.V. et la recherche constante d'un travail, je ne trouvai pas d'emploi. Personne ne voulait me donner ma chance. Comme j'étais mal dans ma peau, cela ne fit qu'accentuer le désir de disparaître en me focalisant sur les questions existentielles !

À 18 ans, je décidai qu'il fallait en terminer avec la vie. Je n'étais pas heureuse, je subissais l'indifférence de mes frères et sœurs envers moi. Leur incompréhension me rendait triste.

Alors, avec ma meilleure amie Sofia, qui traversait la même chose que moi, nous avions décidé de nous suicider en même temps. La décision fut prise et nous ne l'avions dit à personne.

Le jour J, nous nous étions préparées et nous étions sorties de chez moi en laissant mon père faire sa sieste. En arrivant sur la place de la mairie, nous avions rencontré une voisine de

Sofia. Elle s'appelait N., et avait vingt ans de plus que nous. Elle avait déjà des grands enfants. Nous avions discuté de tout et de rien. Il faisait un temps magnifique, le soleil brillait. Vint le moment où elle me demanda si je voulais de la lecture. Elle débarrassait sa voiture de magazines. J'acceptai alors de prendre l'une des revues qu'elle me tendait, et en lisant le titre de la couverture, je me mis à éclater en pleurs. Ce titre était révélateur : « Pourquoi les jeunes se suicident ? ». Je compris à ce moment-là que je n'étais pas la seule à traverser des moments difficiles. Je décidai alors de dire la vérité à N., que Sofia et moi avions projeté de nous suicider. Elle nous parla longuement et nous convainquit de ne rien entreprendre. Elle me fit comprendre que les épreuves existaient pour révéler ou renforcer quelqu'un, et sortir le meilleur de nous-mêmes. Elle nous donna des exemples. Je la remerciai et elle me prit dans ses bras. Je gardai contact avec elle un bon moment, car elle devint comme une grande sœur pour moi. Aujourd'hui, en y repensant, je trouve que j'ai eu une attitude égoïste, je voulais fuir les responsabilités, et faire payer mes frères et sœurs, simplement pour les faire culpabiliser. C'était une erreur de ma part et un geste irréfléchi, une mauvaise raison, quand on aime un être cher on ne peut pas agir comme cela.

Deux semaines après ce projet insensé heureusement abandonné, on me recontacta pour un poste d'hôtesse de vente dans un magasin de prêt-à-porter, alors que la responsable de cette boutique avait rejeté ma candidature quelques semaines auparavant. Je refis un deuxième entretien qui finalement fut positif, malgré ma réserve. J'étais contente et pressée de l'annoncer à mon père, je savais au bout du compte qu'il serait content pour moi. J'appréhendais, car c'était mon premier vrai travail, avec un contrat et des bulletins de salaire, un premier pas vers mon indépendance, ma liberté et mon bonheur.

Quand, finalement, j'appris à mon père que j'avais signé un CDI, alors qu'il était sur son lit d'hôpital, il fut heureux et soulagé et il me dit qu'il était fier de moi et qu'il ne s'inquiéterait pas pour mon avenir, car j'avais un fort caractère et que j'avancerais : il n'aurait plus à se soucier financièrement pour moi, de ce qui m'arriverait ou de quelle direction je prendrais, il me faisait confiance, et pour moi c'était le plus important.

Par ailleurs, cet emploi me permettrait de subvenir également aux besoins éventuels de ma mère et de m'éloigner de la maison afin d'éviter tout conflit avec elle, je souhaitais également m'ouvrir aux autres en développant plus de communication, être mieux dans ma peau, il fallait que je fasse un travail sur moi immédiatement pour apprendre à me détacher de certaines choses douloureuses de mon enfance et à me préparer psychologiquement pour les semaines à venir, car je savais au fond de moi que mon père allait mourir, ce n'était qu'une question de jours ou de semaines. Ce travail était la clé qui allait m'aider à surmonter cette épreuve, car cela m'occuperait l'esprit, je ne voulais pas y penser, mais je ne pouvais pas m'en empêcher, c'était inévitable, et un déni en même temps. Je remarquais que son état devenait de plus en plus critique, il était fatigué, épuisé et désirait que la mort puisse arriver bientôt pour l'aider à mettre fin à son calvaire. Ce fut assez difficile de le voir comme cela.

Mon père décéda à l'hôpital en novembre 2001, soit deux semaines après la signature de mon contrat. J'allais avoir 21 ans cette même année. Ce jour-là, je travaillais toute la journée jusqu'à 21 heures, c'était un vendredi, je l'avais vu la veille en lui confirmant que je viendrais passer la journée du samedi avec lui et que je ramènerais un livre et des magazines avec quelques fruits. Malheureusement, il en fut autrement, j'ai pensé à lui toute la journée en ayant un mauvais pressentiment et la gorge serrée, et à peine rentrée du travail, le téléphone retentit, je n'avais même pas eu le temps d'enlever mon manteau, debout dans le couloir, le cœur battant, les mains moites, et les larmes prêtes à couler, qu'au bout du fil, l'infirmière m'annonça ce que je redoutais tant ! Mon père vivait ses derniers instants, il fallait vite venir le voir.

Prise de panique et dans tous mes états, je l'annonçai à ma mère qui s'habilla dans la minute qui suivit. Sur la route, je me mis à penser aux funérailles et j'appréhendais de le voir, j'avais peur de l'image de la mort, je ne voulais pas le voir souffrir, ni le voir quitter ce monde ! Arrivée après vingt minutes de route, je me précipitai à l'extérieur de la voiture, je me mis à courir très vite, laissant ma mère derrière moi me rejoindre, lorsqu'on arriva dans le couloir et que l'infirmière vint vers moi, elle m'expliqua avec émotion que c'était la fin pour lui et qu'elle pouvait me donner un calmant si je le désirais vu mon état, mes jambes tremblaient à l'approche de sa chambre, je préférais garder la tête baissée en franchissant le seuil de la porte, puis relevant mes yeux sur lui, je vis que mon cher papa était en train de partir, faisant sa prière musulmane avec un doigt pointé au ciel, regardant à travers la fenêtre la lumière qui se dégageait du ciel orangé. Il me regarda longuement en silence, je lui demandai de ne pas me laisser toute seule parce que j'avais encore besoin de lui, il n'avait plus la force de parler, et soudainement, il ferma les yeux ! je l'ai vu mourir devant moi, impuissante, je ne pouvais rien faire, à part le prendre dans mes bras, lui caresser les cheveux, lui embrasser son front et ses joues tout en pleurant. Son visage était paisible et beau, la couleur de sa peau était lumineuse, aucune souffrance ne l'avait marquée, il rendit son dernier souffle avec un sourire qui s'illumina, mes yeux pleins de larmes n'arrivaient pas à s'ouvrir pour le regarder, je le serrais dans mes bras en lui disant de ne pas s'inquiéter, il partait simplement, et une envie de crier retentit au fond de moi.

Cette image m'a traumatisée et m'a longtemps poursuivie. Mon père partit à l'âge de quatre-vingt-quatre ans. C'était le moment pour lui de quitter ce monde. Cela fut une vraie catastrophe pour moi, car je perdais l'homme de ma vie : celui qui m'avait toujours protégée, qui m'avait soutenue, qui m'encourageait, avec qui je partageais de bons moments, nous étions inséparables. Aujourd'hui, je vis encore à travers lui, car je l'aimerai toujours et que j'arrive à avancer comme cela. Après son départ, j'ai perdu dix kilos en un mois, je n'avais plus le goût de la vie, mais il fallait que j'avance, c'est difficile de perdre un être cher, j'appréhendais de plus en plus mon avenir. Cela m'angoissait terriblement. Trouverais-je la force de surmonter son départ ? Allais-je arriver à vivre sans lui ? Pour le moment, je voulais juste qu'on me laisse tranquille. Je succombai à la dépression sans le savoir et, malgré cela, je continuai à travailler pour occuper mon esprit. J'étais encore jeune et fragile, je mis huit ans pour faire mon deuil et passer à autre chose. J'étais dans une colère noire au moment de sa mort, car pour moi il était parti trop tôt, mais en réalité, il avait fait son temps et m'avait attendu avant de mourir. Je suis juste née un peu tard, j'ai eu la chance d'avoir un père alors que d'autres n'en ont pas ou ne l'ont jamais connu. La cérémonie se déroula au Maroc, dans sa ville natale, je vais le voir quand je m'y rends par moment. Dans mon entourage, ce fut une bénédiction, car sa mort survint le premier jour du mois de Ramadan, un vendredi, jour sacré chez les Musulmans.

Quelque temps après les obsèques, je me réfugiai dans le travail pour oublier ces moments tristes et douloureux, et je repris le cour de ma vie. Pendant deux ans, je sortis, profitai des moments plaisants avec mes amis, continuai le chant tout en donnant des cours, puis je me remis alors en question. Il était temps pour moi de quitter la maison, car rester dans la chambre que je partageais avec mon père devenait insupportable. Je voyais sa place vide, avec ses affaires, et cela me rendait malheureuse. Parfois, je prenais son mouchoir que je mettais près de mon coussin pour sentir son odeur, encore aujourd'hui, ce mouchoir ne me quitte pas. Et d'un autre côté, avec ma mère, cela ne se passait pas vraiment bien non plus. J'en avais marre de Nice et de tout ce qui m'entourait. Je devais partir pour devenir entièrement indépendante, pour être plus forte, car maintenant j'étais seule pour pouvoir m'en sortir et pour affronter ma peur de l'inconnu. Je me suis alors battue contre moi-même en partant à Paris avec des rêves plein la tête… Je voulais percer dans le chant, ma principale passion, malgré ma peur de me lancer dans ce domaine.

CHAPITRE 6

Une fois montée à Paris, je m'installai tout d'abord chez mon frère. Je me mis activement à rechercher du travail, il me fallut deux semaines pour cela. On m'embaucha en tant qu'hôtesse de vente, et un mois après la signature, je fis mes preuves en tant qu'assistante de magasin. Ma personnalité avait séduit la directrice de région avec qui j'avais eu un bon contact. Même si je n'avais pas trop d'expérience en management, elle m'avait fait comprendre que je pouvais y arriver. La société offrait l'opportunité de grimper les échelons, chose qui m'avait fortement intéressée. Déjà, à l'époque, j'étais ambitieuse et je visais un poste à responsabilités pour me prouver que même si je n'avais pas pu terminer mes études, je pouvais faire quelque chose de ma vie, être comme tout le monde, avec l'envie de progresser et d'aller de l'avant. Le commerce m'a fait perdre ma timidité, m'a redonné confiance moi et en mes capacités quand j'étais convaincue que je n'arriverais à rien, ce sentiment désagréable disparut au fur et à mesure que l'on me donna plus de responsabilités et que l'on m'encouragea à voir plus loin.

Lorsque mon frère me proposa de venir chez lui, j'étais heureuse et très excitée en pensant qu'il allait me faire connaître Paris et qu'on aurait du temps pour rattraper les années où je ne l'avais pas vu, mais j'ai vite déchanté. L'ambiance était spéciale, surtout avec ma belle-sœur. Elle avait l'habitude de préparer des repas pour deux et non pas pour trois. Cela dura trois semaines avant que mon frère s'en aperçoive et qu'il sache qu'en réalité je ne me nourrissais pas. Moi, je ne voulais pas semer la zizanie entre eux et être responsable de disputes. Plus je me sentais mal et plus je me sentais de trop. J'étais pressée de partir.

C'est pourquoi quelque temps plus tard, je trouvai refuge chez ma sœur.

Je décidai de changer de travail, car la distance et les transports en commun commençaient à m'épuiser. Je n'arrivais pas à me faire à l'ambiance de Paris, ni à son climat, mais prenais mon mal en patience en attendant de me trouver un appartement comme tout le monde. Je me demandais souvent si c'était une bonne idée que je m'y installe, n'était-ce pas une erreur ? Je sortais aussi souvent que je le pouvais, mais impossible de m'y faire ! C'est alors que j'envisageai de repartir dans le Sud, avant de retrouver par hasard Virginie, une amie d'enfance, ainsi que d'autres amies que je n'avais pas revues depuis le collège et qui m'avaient remarquée à une station de bus, elles en étaient descendu pour venir me rejoindre. Je fus très surprise et en même temps soulagée, car je trouvais que c'était un peu difficile d'établir des contacts sur Paris, ce n'était pas comme dans le Sud où les gens entrent en lien plus facilement. C'était curieux de voir que c'était au moment où je voulais repartir que je tombais sur elles. Peu après, à force de les voir, de sortir et de faire des activités comme tous les jeunes de notre âge, je repris confiance en moi, car elles me redonnèrent l'envie de rester. On se retrouvait souvent, et finalement, l'une d'entre elles me fit rentrer dans la même société qu'elle. Je restai donc à Paris, car elle m'avait convaincue qu'en repartant pour Nice, je n'aurais rien trouvé au niveau du chant. Elle avait d'ailleurs raison. Je commençai alors à travailler dans un magasin de bijoux fantaisie au sein d'un centre commercial.

Virginie me connaissait très bien, connaissait toute ma vie, et avait connu également mon père, car nous étions au collège ensemble, puis dans le même centre de formation où l'on faisait des études de commerce et que j'avais dû quitter pour mes obligations familiales. Elle arrivait toujours à trouver les bons mots qui me feraient réfléchir et changer d'avis, avec les bons arguments, des exemples multiples. Surtout, elle était ma confidente, elle m'a soutenue dans mes plus durs moments, je la considère encore aujourd'hui comme une sœur, et parfois, les gens pensent que nous le sommes vraiment.

Par la suite, quand tout alla pour le mieux, une de mes amies, qui s'appelait Inès, me présenta un agent artistique avec lequel je commençai à travailler et qui était par ailleurs très professionnel. Nous avions signé un contrat et réalisé une maquette avec plusieurs chansons que j'avais écrites et dont il avait réalisé la composition dans le style soul. Il arrivait très bien à se mettre à ma place pour trouver les bons mots lorsque j'avais certains blocages. J'étais contente à cette époque, car mes projets de chant se mettaient en place… Mon agent me remontait le moral aussi souvent qu'il le pouvait, car je me confiais à lui par moments, il m'appelait régulièrement et me montrait qu'il était toujours présent pour moi. Je l'appréciais beaucoup.

Même si j'avais parfois des moments mélancoliques qu'il remarquait, je gardais toujours le sourire aux lèvres, je m'amusais, plaisantais, sortais, je rattrapais le temps que je n'avais jamais pris pour prendre soin de moi et faire tout ce que j'avais jamais eu l'occasion de faire auparavant. Malheureusement pour moi, cet album ne vit jamais le jour, pour de nombreuses raisons.

Chapitre 7

Au cours d'une pause déjeuner, je fis un tour dans le centre commercial dans lequel je travaillais pour y trouver des chaussures. Je regardais les modèles exposés dans une boutique non loin de la mienne et comme les prix n'étaient pas excessifs pour le petit budget que j'avais, j'hésitai entre plusieurs paires de chaussures, lorsqu'un homme vint me parler pour me conseiller un modèle. Je pensais au départ que c'était un vendeur, mais il n'en était rien. Il me fit rire, et en même temps j'étais un peu perdue. Finalement, j'achetai une paire de bottes et je sortis du magasin avec lui. On discuta un petit moment avant que je retourne travailler.

Par la suite, il vint me voir régulièrement au magasin. On s'échangea nos numéros de téléphone et on commença ainsi à se fréquenter. Il s'appelait F. Nous sortions souvent, pour aller dans des restaurants ou simplement boire un verre. Il me dit à plusieurs reprises qu'il n'avait jamais fait cela auparavant. Il avait l'air heureux quand on se voyait et content que tout se passe bien. Nous parlions de tout et de rien. J'étais contente aussi que quelqu'un s'intéresse à moi, m'accepte telle que j'étais, enfin, je le pensais… Je réussissais à être à l'aise malgré ma timidité et les problèmes familiaux de l'époque. La chose que nous avions en commun était l'amour pour la musique, car il était compositeur, c'est cela qui m'attira aussi. Je me disais qu'il comprendrait l'envie que j'avais de vouloir chanter, de faire de la musique, et que je n'aurais pas besoin de rentrer dans les détails pour me justifier.

Par ailleurs, chez ma sœur H., chez qui je vivais encore, cela se dégradait à cause de son compagnon de l'époque. Il arrivait à ce dernier de boire jusqu'à devenir soûl. Tout cela parce qu'il n'arrivait pas à me dire les choses en face. Ma sœur le montait également contre moi ; elle ne cessait de lui répéter des choses désagréables me concernant et de lui ordonner de me mettre à la porte ou de me réclamer 200 euros, argent que j'avais déjà proposé à plusieurs reprises pour participer financièrement à mon hébergement.

Ces discussions animées avaient la plupart du temps lieu au milieu de la nuit, m'empêchant ainsi à plusieurs reprises de fermer l'œil. Ma sœur s'arrangeait toujours pour que les autres prennent les décisions à sa place afin de se dégager complètement de ses responsabilités. Elle se mettait en position de victime pour me faire passer pour la méchante et celle causant des soucis. Sauf que moi, je préférais ne rien dire pour éviter d'envenimer la situation.

Nous n'avions jamais été proches, car elle n'avait jamais adopté le comportement d'une grande sœur. Je dormais dans le salon sur mon petit canapé que j'avais ramené avec moi, et je pleurais sans cesse en silence pour calmer mes nerfs, sans que l'on m'entende. Elle affirmait que j'étais jalouse d'elle. Quand je lui reprochais ses propos, elle sous-entendait qu'elle n'avait jamais dit de telles choses. Vu qu'elle était soûle, comment aurait-elle pu s'en souvenir ? Son comportement m'a traumatisée. Cette cohabitation me mettait extrêmement mal à l'aise. Lorsque j'arrivais dans ma boutique, j'étais fatiguée. Étant donné que j'étais assez proche de la responsable de l'époque, elle m'autorisait à dormir dans la réserve du magasin, histoire de me reposer. Cela a duré trois mois ainsi, jusqu'à ce que ma sœur et son ami m'apprennent que j'avais quatre jours à peine pour partir. Pourtant, je n'étais jamais là et faisais au maximum pour ne pas les déranger. Seulement, ma sœur s'attendait à ce que je pleure et que je les supplie. En tout cas, c'est ce qu'elle m'affirma lorsqu'une fois de plus elle rentra chez elle complètement soûle. Elle alla jusqu'à m'affirmer que ma naissance n'avait jamais été désirée. Comme si cela ne suffisait pas, elle me traita de pute, convaincue que j'avais des vues sur son homme.

Elle était remplie de haine envers moi. Je ne comprenais pas, je me retenais de pleurer devant elle. Je gardais la tête haute, même si cela me blessait au plus profond de moi. Étonnée et vexée, elle me demandait comment je faisais pour être aussi forte, car je ne m'étais pas écroulée en pleurs, ni morfondue. J'avais l'habitude d'être rabaissée, une réflexion de plus ou de moins n'aurait rien changé ! Une chose est sûre, malgré mes efforts et le pardon dont j'ai fait preuve envers elle, je ne tiens plus à avoir de relation avec elle !

Du jour au lendemain, je décidai de partir avec juste un sac de rechange, et j'allai dans une agence immobilière. Sans m'en rendre compte sur le moment, je perdis de l'argent. Je tombai en effet sur une enseigne qui proposait des listes d'appartements soi-disant libres. À l'époque, je ne connaissais pas ce genre d'arnaque. Je me retrouvai dehors, à la rue. J'étais assise sur un banc et je me demandais ce que j'allais faire. Je marchai longtemps en regardant les magasins et en repensant à tout cela, je tournais en rond. C'était une journée froide, grise et triste, une journée qui sent la fin… Les gens me regardaient avec pitié et cela me dérangeait. Je galérais comme on dit, sans que personne ne le sache. J'étais seule, assise sur un banc, lorsqu'une collègue m'appela. En apprenant ma situation, elle proposa de m'héberger. Elle vivait avec son père, ma présence ne le dérangerait pas, car c'est lui qui m'avait proposé de venir chez eux. Je restai pendant une semaine.

Quelques jours plus tard, ma sœur et son ami me téléphonèrent pour me souhaiter un bon anniversaire. Je crus rêver ! La colère monta en moi, car j'avais l'impression qu'ils se moquaient de moi. Je les envoyai balader tous les deux. Je dis à ma sœur que je faisais une croix sur elle et je lui demandai une bonne fois pour toutes de m'oublier. Je rajoutai que le comportement qu'elle avait eu envers moi était inacceptable. Me dire que ma naissance avait été une erreur et que je n'avais jamais été désirée m'avait fortement blessée, je ne comprenais pas son attitude. Comment peut-on dire cela à sa sœur qu'on prétend aimer ?

Après tous ces événements, je n'avais plus la force ni de prendre des décisions ni de refuser quoi que ce soit. Les mauvaises expériences chez ma famille, le décès de mon père que je n'arrivais pas à surmonter, ma mère qui m'avait toujours fait culpabiliser et le reste du monde m'avaient rendue complètement fragile. Je pris la décision une fois de plus de repartir dans le Sud et tirer un trait sur tout le monde. C'est ce moment-là que F. choisit pour me proposer de venir chez lui, car cela l'embêtait de me voir repartir à Nice. D'un autre côté, j'avais un CDI et je ne voulais pas retourner chez ma mère pour être de nouveau prisonnière. Je n'avais eu aucune adolescence, aucune vie de fillette innocente, j'avais vu des choses depuis petite qui m'avaient fait grandir avant l'âge, reçu des coups de rallonge électrique, des coups de balai, des coups à n'en plus finir… sans compter les violences psychologiques. Je voulais fuir les personnes qui m'avaient fait du mal. J'avais le sentiment d'être une charge dont on ne voulait pas s'occuper, que j'étais pour tout le monde un poids qu'il fallait jeter ailleurs pour s'en débarrasser.

Si aujourd'hui certaines de ces personnes peuvent me trouver froide, distante, voire indifférente, c'est que j'ai dû apprendre à « tenir à distance » mon désespoir pour ne pas sombrer ! Me créer comme un bouclier mental pour ne pas trop souffrir.

Chapitre 8

Par dépit, pour ne pas retourner chez ma mère et échapper à la rue, j'acceptai donc d'aller chez F., car il était gentil, rassurant. Il avait un côté paternaliste, il représentait une épaule sur laquelle je pouvais m'appuyer sans me poser forcément de questions. D'ailleurs, au début, je n'avais pas envie de rester, je voulais juste qu'on s'occupe de moi.

Au commencement de la relation, il m'écoutait et était attentif, tout en essayant de me comprendre, il était attentionné et avait un côté prévenant. Je lui fis confiance dès le début et cela se fit tout naturellement. Je ramenai mes affaires au fur et à mesure, puis on alla chercher les quelques meubles qui étaient restés chez ma sœur avec l'aide de l'un de ses amis. Des rêves s'installèrent dans ma tête. J'étais bien loin de me douter à quel point ma réflexion était éloignée de la réalité. J'idéalisais cette relation et ce fut mon erreur.

Une fois, au début de notre histoire, il m'amena des roses rouges sur mon lieu de travail et me laissa un peu d'argent pour me restaurer lors de ma pause déjeuner. Je fus touchée. Je trouvai cela gentil et mignon de sa part. Mais ce fut bien l'unique fois où j'eus le droit à ce genre d'attention.

Contre toute attente, trois mois après avoir rencontré F., je tombai enceinte sans le savoir. Pour moi, une grossesse n'était envisageable qu'après une, voire deux années de relation. Je ne me doutais de rien malgré quelques indispositions. Je me mis à soupçonner quelque chose au bout d'une dizaine de jours de retard de cycle. J'achetai un test, il était positif. J'allai alors chez le médecin pour confirmer ce résultat. Il m'annonça que j'étais enceinte de presque deux mois et quelques jours. J'étais étonnée et inquiète. Je n'aurais jamais imaginé un tel état au bout de trois mois de relation. C'était trop tôt pour moi et en même temps c'était trop tard pour envisager quoi que ce soit. Alors, j'acceptai ma grossesse avec une certaine appréhension de l'avenir.

Après l'annonce de ma grossesse, F. changea radicalement d'attitude. Il avait l'air de penser que plus aucun effort de sa part n'était nécessaire, que je lui étais acquise. J'avais l'impression de faire partie des meubles, il disait que ma présence lui suffisait largement. Au cours d'une dispute qui éclata pour une broutille, il me mit ma première claque et m'enferma dans la chambre pendant une heure. J'avais mal à la tête, je n'avais plus d'énergie et un coup de chaleur s'empara brusquement de moi. Cette claque fut tellement forte que je tombai par terre. Il revint une heure après en me disant que c'était moi qui l'avais cherchée et que je l'avais méritée, simplement parce que j'avais osé lui dire ce que je pensais. Il aurait préféré une femme entièrement soumise, ce que je n'étais pas. F. s'excusa au cours de la soirée et je lui pardonnai, car je l'aimais. On ne se pose jamais les bonnes questions quand on est amoureux. On a plutôt tendance à s'enfoncer sans s'en rendre compte. À cause de lui, j'avais rompu mon contrat avec mon agent artistique, car il disait que j'allais être mère et qu'il ne voulait plus me voir faire de projets concernant le chant. Je l'ai fait parce que je pensais qu'il avait raison, mais il m'éloignait en réalité des choses que j'aimais.

Toujours cette même année, F. s'emporta souvent dans ses paroles. Il n'y avait pas encore d'insultes, mais des cris, et des suspicions infondées d'infidélité entre moi et ses frères.

Il me soupçonnait d'avoir eu des relations avec eux, du coup, je ne savais pas comment je devais me comporter en leur présence. Si je leur parlais, il soutenait que j'étais attirée, et si je ne leur parlais pas, c'était la même chose ; il prétendait que j'avais quelque chose à cacher ou à me reprocher. Je payais les erreurs d'une autre qui, elle, l'avait réellement trompé ! Pourquoi la paranoïa l'emportait et le mettait dans cet état incontrôlable ? Que fallait-il faire dans ce cas-là ? Comment fallait-il agir ? Il disait que c'était moi qui étais « mauvaise » ! Après m'avoir insultée, il s'excusait à chaque fois. Je ne pouvais rien lui dire, car j'avais l'impression que j'avais vraiment fait quelque chose de mal et il me faisait continuellement culpabiliser. Je ne comprenais pas, le problème venait-il réellement de moi comme il le prétendait ? Comment fallait-il que je me comporte ?

En juillet, lorsque je rentrai à cinq mois de grossesse à l'hôpital pour un souci de santé heureusement pris à temps, je restai hospitalisée quinze jours. Personne ne me rendit visite dans ma famille, car nul n'était au courant que j'attendais un enfant. La famille de F. ne vint jamais me voir pendant cette période, lui venait rarement…

Je sortis de l'hôpital deux semaines après y être entrée, alors que j'aurais dû y rester une semaine de plus. Mais ayant programmé de longue date un voyage en Guadeloupe avec F., je négociai avec les médecins de sortir plus tôt.

Deux jours après, on prit donc l'avion, une de ses sœurs nous avait accueillis et prêté son appartement le temps des vacances. Durant le séjour, je me suis fortement ennuyée, car je me sentais seule, malgré la présence de sa famille. Nous étions totalement différents et pas du tout sur la même longueur d'onde, nous ne partagions pas les mêmes discussions, nous n'avions pas la même vision de la vie, parler d'autrui ne m'intéressait pas. Ma grossesse me gênait pour faire certaines activités, j'avais parfois des douleurs dans le bas-ventre, car le bébé bougeait énormément la nuit, ce qui m'empêchait de dormir par moment. F. sortit beaucoup et on ne put jamais passer du temps ensemble comme un couple normal. Nous sommes revenus à Paris un mois plus tard, en septembre. F. rentra une semaine avant moi. J'avais différé mon retour de quelques jours pour avoir un billet plus avantageux.

À mon retour, je lui fis le reproche de ne pas m'avoir demandé comment j'allais. Il voulait sortir avec ses copains comme d'habitude, sans prendre le temps de rester un peu avec moi. Je venais à peine de rentrer de l'aéroport, j'étais enceinte de sept mois, et il ne prit pas la peine de savoir si j'allais bien, si tout s'était bien passé. On se disputa à cause de cela, il me mit une claque, me prit par le bras et me mit à la porte en me bousculant. Pourquoi avait-il fait cela ? Il me blessa et je restai bouche bée. Il rouvrit la porte cinq minutes plus tard. Je commençai à pleurer, il me regarda comme si j'étais la fautive et me demanda de rentrer. J'avais l'impression que je ne pouvais jamais rien dire sans qu'il s'énerve, fallait-il que je dise « Amen » à tout et que j'encaisse comme une femme qui n'a pas le droit de se plaindre ? C'est ce que je fis encore et encore inconsciemment ! Je rentrai et me dirigeai vers la chambre à coucher pour m'allonger sur le lit et être un peu seule, car je n'avais plus envie de parler après cela.

Cet épisode ne l'empêcha pas d'aller rejoindre ses amis et de rentrer vers minuit. Le lendemain, il s'excusa en me prenant dans ses bras et en me disant qu'il ne recommencerait plus. Comme d'habitude, je ne dis rien, c'était sans doute ma faute, j'avais peut-être exagéré ? En tout cas, j'avais culpabilisé, ce qui n'était pas normal.

Je commençais à douter de cette relation et me demandais si je n'avais pas fait une erreur. J'aurais sans doute dû partir et réagir plus tôt, mais c'était trop tard, je lui cherchais constamment des excuses.

Je pensais vraiment qu'il allait changer, car il avait pris l'habitude de s'excuser et de me voir céder à chaque fois, encore une réelle illusion qui nous fait plonger dans l'irréalisme. L'erreur est de toujours croire que tout ira bien, croire que les choses vont s'améliorer, croire que la vie sera meilleure, mais rien de cela n'arrive dans ce genre de relation. On essaie de comprendre l'autre, ses attitudes. Je pensais que c'était toujours ma faute, avais-je un problème ? Car les reproches ne faisaient que s'accroître et devenaient ingérables dans mon esprit. La situation empirait, je me rendais compte que la vie de famille et toutes les responsabilités que cela implique n'étaient pas pour lui. Tout cela lui apparaissait comme une corvée. Il ne le disait pas, mais c'était ce que reflétait son comportement, ses attitudes, il agissait parfois comme un adolescent, et non pas comme un homme. Voulait-il faire comme tout le monde, avoir une famille seulement pour sembler normal vis-à-vis de son entourage ? J'eus droit à ma première insulte alors que mon enfant était âgé d'un mois. Ce premier « connasse va ! » résonne encore dans ma tête, simplement parce que je ne voulais pas lui donner ma carte bleue. Se rendait-il compte de son comportement ? Du ressenti que cela a généré en moi ? J'avais l'impression de n'être rien.

CHAPITRE 9

Ma mère nous rendit visite début décembre, c'est-à-dire un mois après la naissance de mon enfant. Elle resta avec nous jusqu'à fin février 2007 pour me soutenir. Elle essayait d'être ce qu'elle n'avait jamais été : une maman proche de sa fille.

Au cours de son séjour, elle assista à une dispute. Je voulais que F. fête Noël avec nous plutôt que d'aller dans sa famille en nous laissant dans notre coin. D'autant que ma mère, souffrant d'arthrose à ses deux genoux, ne pouvait pas se déplacer facilement. F. et moi, on se disputa à cause de cela. J'avais mon enfant dans les bras, j'étais en train de lui donner son biberon. F. prit alors mon téléphone, le jeta contre le mur et tordit la puce en deux devant ma mère. Je perdis toutes mes données, tous mes contacts d'un coup. Je ne pouvais plus joindre personne. À bout de nerfs, je confiai mon enfant à ma mère, me dirigeai dans la chambre à coucher et décidai de m'en prendre à son ordinateur. À ce moment-là, F. pénétra dans la pièce. Quelques secondes plus tard, ce fut le tour de ma mère, qui surprit mon compagnon en train de me gifler de toutes ses forces. Le lendemain, mon œil était bleu et F. faisait comme si de rien n'était. À partir de cet épisode, ma mère commença à être sur ses gardes et ne le vit plus de la même manière. Elle me dit par la suite que je ne devais pas me laisser faire comme cela, accepter cette attitude. Pour elle, c'est moi qui l'avais autorisé à adopter ce comportement inconsciemment. Elle était convaincue qu'il recommencerait, je décidai alors de ne plus rien lui dire, car je ne voulais rien entendre de sa part.

Cette même année, je commençai à me laisser aller, à prendre du poids à cause de ma boulimie. Parfois, je me faisais vomir en cachette, car j'avais tendance à me réconforter dans la nourriture. Je me perdais dans cette relation qui me blessait, me tourmentait. Moi qui avais toujours respiré la joie de vivre avant cette relation, je me renfermais peu à peu, j'essayais de me convaincre d'être patiente, que tout changerait. Je ne me plaignis jamais auprès de la famille de F.

Dans la rue, l'image que nous avions était celle d'une famille heureuse et parfaite. Je cachais mes bleus et gardais ma dignité. Tout n'était qu'apparence, simplement pour que les gens ne posent aucune question. Mais dans l'appartement, j'étais malheureuse, et je me demandais ce qu'était l'amour. J'en venais à penser qu'en réalité cela n'existait pas, que ce n'était que dans les films. Je me retrouvai prisonnière d'un climat de violence comme celui que j'avais connu durant mon enfance, la violence physique et psychologique qui me tuaient petit à petit, ce que je banalisais en même temps, car j'avais tellement eu l'habitude d'être traitée comme cela…

Je m'étais éloignée de mes amis, de ma famille, je me retrouvai isolée de plus en plus, et surtout psychologiquement. En plus de cela, la honte s'emparait de moi en pensant aux reproches que les membres de ma famille ne manqueraient pas de me faire. Je voulais éviter les réprimandes, les « ah tu vois, je te l'avais bien dit ! » ou « ce n'est pas un mec pour toi ! », car je savais d'avance qu'ils auraient eu raison. Plutôt que de m'exposer à leurs reproches, je préférais ne rien leur dire. J'avais aussi une certaine fierté.

Le séjour de ma mère chez moi terminé, je me retrouvai alors vraiment seule entre quatre murs. J'avais totalement perdu confiance en moi. Moi qui me disais forte, je restais patiente en gardant le silence, un silence qui me plongea dans une dépression totale, un mal-être profond. Je retrouvai la dépendance et les humiliations auxquelles j'avais été exposée tout au long de mon enfance. J'en venais à me dire que F. avait peut-être raison : je n'étais rien et le problème venait de moi. Je subissais en permanence ses paroles blessantes : « Lève ton gros cul de mon canapé en cuir et va travailler, espèce de connasse, va ! » Des propos infondés, puisque lorsqu'il m'a connue, je travaillais, j'étais indépendante. À cette époque, mon emploi m'aidait à faire le deuil de mon père.

Désormais, je passais mon temps à pleurer et à me demander ce que j'allais faire. Ce n'était pas une vie, certainement pas l'existence « idéale » dont j'avais rêvé. En plus de ces violences, je fus victime d'un baby blues important ; je me levais en sursaut au milieu de la nuit pour m'assurer que ma fille respirait encore, je la faisais dormir à mes côtés, je craignais en permanence qu'il lui arrive quelque chose. Une angoisse si oppressante que j'en venais à imaginer le pire et à rester auprès d'elle 24 heures sur 24. Avec le recul, je pense que cette anxiété démesurée était entièrement liée à la disparition de mon père.

F., quant à lui, ne percevait rien de mon mal-être, ce qui ne faisait rien pour arranger son comportement envers moi. Parfois, il me rejoignait dans la salle de bains alors que j'étais en train de pleurer. Il ouvrait la porte à l'aide d'un couteau qu'il tournait en dessous de la poignée, me criait dessus en me poussant contre le mur et en me faisant des reproches, en disant que je ne m'occupais pas de lui, qu'il n'y avait que mon enfant qui avait de l'importance à mes yeux. Il me poussait si fort que je tombais dans la baignoire. Je subissais. Il n'avait pas conscience qu'il me faisait du mal.

Mon enfant n'était qu'un bébé, il fallait que je m'occupe de lui… Je décidai alors de tout stopper. J'arrêtai de faire le ménage, car je n'étais pas sa « chose », je n'étais pas un objet avec lequel on jouait, sur lequel on déstressait. Je n'avais plus envie de cuisiner, car une « connasse », comme il disait, ne cuisine pas ! Comment s'occuper de quelqu'un qui n'a aucune considération pour l'autre et qui ne pense en réalité qu'à lui tout en jouant un rôle pour mieux paraître aux yeux des autres ? Quelqu'un qui vous fait passer pour une « merde » ? Je ne cherchais pas à le provoquer. Je voulais seulement qu'il comprenne que je ne lui appartenais pas et qu'il devait se remettre en question, mais cela ne l'a pas fait cogiter le moins du monde, bien au contraire ! Il me disait parfois qu'il aurait préféré une femme d'Afghanistan, car elles, au moins, étaient entièrement soumises à leur mari, elles faisaient leur devoir…

Je réfléchis longuement et pensai encore à mon père, à ce qu'il aurait pu me dire. Une chose était sûre, jamais il n'aurait voulu me voir dans cette situation et il aurait tout fait pour que je puisse m'en sortir. Je restai patiente jusqu'en juin 2008, jusqu'au jour où ma tante, s'apercevant que je n'étais pas bien moralement, me posa une avalanche de questions sur mon couple. J'en vins à lui avouer les violences que je subissais. Elle me répondit qu'elle se doutait fortement que j'étais dans cette situation, car elle trouvait que ce n'était pas quelqu'un pour moi et me répétait sans cesse que je méritais beaucoup mieux. Elle me suggéra alors de venir passer des vacances au Maroc. Comme j'avais pris un congé de trois ans pour m'occuper de ma fille, je dis alors à F. que j'avais décidé de partir en vacances seule avec mon enfant. Sans lui.

En arrivant là-bas, je repris des forces et espoir. J'étais entourée par ma tante et je me sentais en sécurité loin de lui, retrouvant mon sourire et ma gaieté. Je restai au Maroc pendant un mois, un mois de bonheur au cours duquel je pus respirer. Deux jours avant mon retour à Paris, j'eus l'idée d'envoyer des C.V. sans pour autant y croire vraiment. Je postulai au Maroc pour des postes de gérante de boutiques : un test et un nouveau challenge pour moi qui s'avérèrent positifs. Une consultante prit contact avec moi immédiatement. Je ne m'y attendais pas et fus surprise. Je fis quatre heures de route pour me rendre à mon rendez-vous, et ce malgré une rage de dents horrible. Je tenais quand même à y aller. Dans ma tête, c'était l'occasion de montrer ce dont j'étais capable, une opportunité. Je passai mon entretien, et la DRH de la société m'assura qu'elle me tiendrait au courant la semaine d'après. En France, on ne m'a jamais donné une telle chance, il faut soit posséder dix ans d'expérience, soit avoir de bonnes relations.

Je rentrai à Paris angoissée, la peur au ventre. Je me demandais ce qui m'attendait. Cette situation me pesait psychologiquement. J'avais peur d'être appelée comme convenu par la DRH en présence de F. qui surveillait avec qui je parlais. Il avait tendance à être constamment derrière mon dos. Sa présence me traumatisait, car il surveillait tout ce que je faisais.

Une semaine après mon retour, je reçus un appel du Maroc. Heureusement, F. n'était pas dans les parages à ce moment-là. On m'apprit que j'avais très bien réussi mon entretien et les tests, que le feeling était bien passé et qu'ils avaient particulièrement apprécié le fait que je me sois présentée avec une joue bien gonflée. Cela montrait ma motivation à décrocher ce poste de gérante. Au bout du fil, à ce moment-là, la consultante m'apprit que c'était à moi de jouer, que ma vie était entre mes mains. J'avais un mois pour partir. La première chose que je me dis fut que j'allais commencer une nouvelle vie avec mon enfant et que l'on serait heureux tous les deux. Au fond de moi, je reprenais confiance en mes capacités, car l'expérience que j'avais acquise auparavant me servait enfin. Au final, mon C.V. n'était pas si mal.

Pour échapper à F., je devais avoir une maîtrise totale de mes agissements. J'étais donc silencieuse concernant mon départ prochain, car pour moi, c'était le seul moyen que je m'en sorte et que j'échappe à ses griefs. Il était hors de question de perdre le contrôle de mes attitudes. Je gardai un comportement normal. C'était parfois dur. Je ne me détendais que lorsqu'il sortait de la maison. Il m'arrivait de pleurer continuellement jusqu'à me calmer. Je chantais alors pendant de longs moments.

Je cachai mes affaires et celles de ma fille dans la poussette, en mettant un linge par-dessus. Je fis cela pendant trois jours, le temps de rassembler l'essentiel. Il ne s'aperçut de rien.

Pourquoi ne pas être partie simplement ? Car je savais que F. ne m'aurait jamais laissée partir. Il me faisait extrêmement peur, surtout lorsqu'il me menaçait ou qu'il faisait du chantage. J'avais parfois l'impression d'être une petite fille qui craignait son père ! J'en éprouvais un sentiment de paralysie totale ! Une personne raisonnable et lucide aurait accepté la séparation, mais F. n'était ni l'un ni l'autre !

Le jour J arriva, celui où je devais prendre l'avion… Ce matin-là, je me levai tôt et dis à F. que j'avais rendez-vous à la CAF. En réalité, direction l'aéroport, avec mon enfant et ma valise. Dans ma tête, j'étais remplie d'ondes positives. Il fallait juste trouver un logement meublé dans le centre de Marrakech.

Je débarquai quelques heures plus tard dans cette ville avec mes 500 euros. Je fis le tour des agences, alors que c'était un jour férié.

Je n'avais aucune pensée négative à ce moment-là. Pour moi, c'était certain, j'allais trouver. Finalement, je tombai sur une agence ouverte. J'eus de la chance, car le directeur venait de Nouvelle-Calédonie.

Il se prit de sympathie pour moi, on parla de la France et plaisanta. Le contact passa tellement bien que je parvins à le convaincre de me louer un appartement alors que je n'avais pas les moyens de payer les frais, notamment d'agence. Il me dit oui tout de suite. Il me proposa donc un arrangement, c'est-à-dire de le rembourser après mon premier salaire. Il m'accompagna et m'aida. Je m'installai donc dans un appartement de trois grandes pièces avec une terrasse immense, dans le centre-ville et, à ma grande surprise, tout était déjà meublé, nous ne manquions de rien. Finalement, je réussis à payer mon premier loyer de 300 euros immédiatement. Je me rendis compte pour la première fois que j'étais capable de m'en sortir sans l'aide de personne, car il y avait une certaine force qui me guidait dans mes décisions et mes choix, sans me poser mille et une questions négatives sur mes capacités à subvenir à mes besoins et à ceux de ma fille.

La consultante m'avait aussi trouvée sympathique et courageuse. Elle m'avait présenté son ancienne nounou qui parlait très bien le français et avait une attitude très maternelle. Je sentais que tout irait pour le mieux. Le soir, même après avoir fait dormir mon enfant dans sa chambre, je pleurais sous l'effet de la pression qui retombait. Tout avait été réglé. Je respirais enfin…

Deux jours plus tard, je commençai à travailler comme gérante pour une grande marque de décoration design. Ma fille était chez sa nounou à faire des activités. Toutes les deux, nous ne pensions plus à rien… Pour moi, F. n'existait plus, je repris confiance en moi, perdis quinze kilos en un mois et demi : le poids que j'avais pris durant ces années. Je me sentais tellement bien que ma boulimie avait disparu. Je commençais à avoir des amis, des contacts, je retrouvais une existence sociale, j'étais heureuse et épanouie dans cette nouvelle vie.

Malheureusement, cette tranquillité fut perturbée par des employés de mon magasin, qui me prirent à partie par rapport à ma manière de travailler : ils avaient du mal à s'adapter à une certaine organisation, au système professionnel, prôné par la directrice générale, à la recherche de structure, de rigueur et d'un management ferme. Parmi l'équipe, trois personnes en particulier étaient mal à l'aise avec la réorganisation que j'avais mise en place et ont ainsi décidé de me le faire payer.

Ainsi, un jour, je reçus un mail de F. qui disait ne pas savoir où j'étais, qu'il s'inquiétait, et qu'il regrettait tout ce qu'il m'avait fait. Il reconnaissait être allé trop loin dans ses paroles et ses gestes, avoir eu un problème. Il assurait qu'il irait consulter un psy et que je devais l'aider… À ce moment-là, ne croyant pas ses paroles, je l'envoyai balader, je lui demandai de me laisser tranquille. Il me parla alors sur MSN. Je lui répondis que j'étais responsable à Marseille. Je le savais capable de se déplacer pour venir, chose que je ne voulais pas. Voilà pourquoi je ne lui avais pas dit que j'étais à Marrakech. Plus il s'excusait, plus je me disais qu'il devait être sincère. Je décidai alors de lui donner mon numéro de téléphone…

Quelque temps plus tard, je reçus un coup de fil de ma hiérarchie. Je sortis de mon bureau pour traverser tout le magasin et accéder au téléphone. Je ne m'aperçus pas à ce moment-là qu'une de mes employés, faisant partie du groupe des trois personnes ne s'adaptant pas à mon management, était entrée dans mon bureau et avait vu ma boîte mail ouverte. Elle s'est permise de faire suivre tous mes messages à F. Le soir-même, celui-ci m'appela à 2 heures du matin, en me disant avoir parlé sur MSN avec une fille qui s'était fait passer pour moi. Lorsqu'il s'était aperçu de cette usurpation d'identité, l'employée lui aurait dit alors que la prochaine fois je ne devrais pas laisser ma boîte mail ouverte. À cette époque-là, je ne consultais mes mails que sur mon lieu de travail.

Au téléphone, F. me soutint alors qu'il aurait aimé voir sa fille pour une semaine sur Marrakech. Il me promit de rentrer sur Paris immédiatement par la suite en me promettant qu'il n'interviendrait pas dans ma vie et qu'il me laisserait tranquille. Au début, je lui dis non, car j'étais méfiante, mais il me certifiait que c'était seulement pour une semaine. Il me demanda en outre de lui payer son billet, ce que je fis. Je tombai dans son panneau une fois de plus, quelle idiote ! Tout n'était qu'un simple leurre pour obtenir ce qu'il voulait…

Lorsqu'il arriva chez moi quelques jours plus tard, F. s'étonna du standing de mon appartement et de ma réussite entre guillemets en tant que gérante. Une fois la semaine écoulée, je lui demandai quand il comptait prendre son billet pour rentrer sur Paris. Il me répondit qu'il était venu me chercher en réalité et que je devais rentrer avec lui. Il m'avait prise au piège. Je commençai à comprendre que rien ne changerait. Finalement, deux semaines s'écoulèrent. Il me reprocha notamment de ne pas lui avoir présenté les membres de ma famille vivant au Maroc. J'avais beau lui répéter que personne n'était au courant que j'étais là, et qu'en plus de cela, je travaillais de neuf heures à 21 heures, il restait sourd à mes justifications. De sa voix forte et virile, il me reprocha d'être partie de

France. Tout cela en contenant son énervement, histoire de ne pas trop éveiller mes soupçons.

Un matin, je reçus des compliments de ma hiérarchie par téléphone. On me félicitait pour les résultats obtenus depuis mon arrivée. On m'octroya une promotion au bout de deux mois et demi, en me disant que j'avais désormais la responsabilité du merchandising de la chaîne de magasins sur tout le Maroc. La présidente directrice générale du groupe estimait que j'avais un potentiel évident, que je devais commencer à rencontrer des fournisseurs. J'étais hyper heureuse, car j'avais enfin un poste dans lequel j'étais épanouie. Je n'avais aucun diplôme, ni fait d'études, mais mon expérience professionnelle au cours des dix années précédentes portait enfin ses fruits. F., lui, n'était pas content de cette nouvelle et me demanda de démissionner sur-le-champ. Ma joie fut brisée. Je lui rappelai que normalement il aurait seulement dû rester une semaine et qu'il m'avait menti depuis le début. Il insista, je devais rentrer avec lui en France, il ne me laissa pas le choix. Si je résistais, il menaçait de me retirer ma fille et de l'envoyer à sa mère habitant en Guadeloupe.

Au pied du mur, je lui demandai alors de me laisser terminer les dix derniers jours. Nous étions le 20 du mois, la moindre des choses était d'aller jusqu'au 30. Il ne voulut rien savoir et me dit alors que si je ne rentrais pas avec lui, je ne reverrais plus jamais ma fille. Je fus anéantie ! Moi qui étais partie à cause de lui, je me retrouvais à la case départ, comme si tout ce que j'avais fait n'avait servi à rien. F. me força à faire une lettre de démission, et donc, l'après-midi même j'appelai ma hiérarchie, annonçant que je ne reviendrais plus. J'ajoutai que tout était à cause des employés. L'une des dirigeantes, la numéro 2 du groupe, ne comprit pas et me demanda alors si c'était à cause de F. Je lui racontai l'histoire des mails qui avaient été transférés depuis mon bureau. Elle était furieuse et décida alors de licencier les trois personnes concernées le jour même, écœurée par leur comportement…

Lorsque j'annonçai à l'équipe d'une quinzaine de personnes mon intention de partir, quelques-unes ont pleuré, dont une qui m'avait ramené un cadeau avant le départ, d'autres ont préféré partir et se terrer dans le silence en me suppliant de bien réfléchir. Même l'agent de sécurité a éprouvé une certaine tristesse en me disant : « Mais qui va me faire remarquer ma cravate mal mise ou ma chemise mal repassée maintenant ? » Tout le monde a regretté amèrement mon départ.

La directrice en particulier me demanda également de réfléchir. La numéro 2 alla même jusqu'à me dire que j'aurais toujours ma place au sein de la société. J'en eus la confirmation six mois plus tard, lorsqu'elle me recontacta en m'annonçant qu'elle avait créé un poste pour moi. Une occasion en or. Mais, encore prise dans les griffes de F., je fus une fois encore contrainte de refuser.

Quelques jours après ma démission, je reçus des mails de pratiquement tous les membres de mon ancienne équipe. Tous me disaient que j'avais laissé un grand vide dans ce magasin de 1500 mètres carrés. Certains disaient avoir appris beaucoup de choses durant ma présence. Pendant les quelques mois que j'avais passés à ce poste, j'avais pris l'habitude de courir dans tous les sens, car je ne tenais pas en place et je taquinais tout le monde. Autant dire que je m'en voulus longtemps d'avoir cru aux mensonges de F.

F., notre fille et moi, on rentra donc en France. L'idée de retrouver cet appartement me dégoûtait. Je le détestais pour ce qu'il représentait à mes yeux et pour son passé. Je me retrouvai de nouveau dans cette prison. Cette fois, je m'en voulais, j'avais été vraiment stupide d'avoir cru F. Tout n'était que de la manipulation pour arriver à ses fins… Je me mis à prendre mes distances. L'amour que j'avais pour lui avait disparu. J'étais prête à endurer tout cela pour ma fille et pour ne pas la perturber. J'avais aussi accepté par peur, la peur de me retrouver sans rien, du jour au lendemain. Je sombrai dans la dépression, je n'avais plus de travail, plus de vie sociale, plus d'indépendance, plus d'amis, plus de gaieté, juste de la répulsion, de l'angoisse, du rejet. J'étais devenue comme folle, perturbée dans ma tête, à cogiter, à passer des nuits blanches, à me taper la tête contre les murs. Une fois de plus, je retombai dans la boulimie, et me réfugiai dans le chant et l'écriture. Je retombai dans les mains violentes de F. après m'en être échappée. Reprise de poids en perspective. Retour à la case départ.

Je commençai alors à fréquenter une église évangélique. Ce n'était pas la religion qui m'attirait, mais un lieu m'apaisant psychologiquement. J'essayais de comprendre le sens de la vie encore une fois. L'église était le seul lieu où l'on me considérait, où on me respectait, tout simplement, où on m'appréciait, où on me parlait. Je décidai d'y aller trois fois par semaine pour oublier les mots blessants, cassants, les gifles, les bousculades violentes, ma tête qui se cognait de nombreuses fois sur le mur de la salle de bains ou quand il me poussait et que je tombais dans la baignoire. Les cheveux qu'il me tirait, les tapes sur le crâne et la douleur à la tête qui durait toute la semaine. Mais il n'en avait que faire. « Ça va passer, ce n'est rien. », me répondait-il systématiquement.

Les rabaissements continuaient, tout comme le mépris, lorsqu'il me jetait des livres en plein visage, quand il fouillait mon sac pour me demander ma carte bleue en me traitant de connasse… Et moi, toujours silencieuse, ressemblant de plus en plus à une femme de 40 ans alors que j'en avais à peine 28. Aujourd'hui, en y repensant, j'ai de la tristesse au fond de moi. À l'époque, je n'avais pas la même force qu'aujourd'hui. Pourquoi avoir accepté cela ? Pourquoi être restée silencieuse ? Des « pourquoi » et des « si » qui m'ont perturbée, mais j'ai envie de dire que lorsque l'on est sous emprise comme dans cette relation toxique, on a plus le contrôle de soi-même, on se laisse conduire comme une marionnette sans aucune vie, qui ne sait plus décider, qui ne sait plus discerner le bien du mal. Il me rabaissait tellement en me disant que le problème était moi que j'ai fini par croire ce qu'il disait, c'était moi la responsable de tout ce qu'il se passait, moi la source des conflits, moi qui ne faisais rien correctement, moi qui devais aller consulter un psy. À force d'entendre ces paroles, j'ai fini par être convaincue que tout était de ma faute, j'avais des idées noires, des images lugubres, des pensées négatives qui m'obnubilaient, peut-être aurait-il fallu que je disparaisse ? Que j'en finisse avec la vie ? J'en arrivais au point d'être dépressive, mon esprit était manipulé par des mots durs et des suggestions morbides. Seulement, mon enfant était là pour m'aider à tenir dans ces moments de doute, ces situations incompréhensibles. Le chant m'apaisait, comme durant mon enfance, le chant lyrique me débarrassait de toute cette colère enfouie en moi que je ne pouvais exprimer oralement, afin d'éviter toute altercation, ou pour éviter de recevoir encore des claques, parce que j'avais peur d'être encore responsable de quelque chose. Je devenais de plus en plus effacée et fragile. J'étais aussi furieuse contre moi parce que je n'étais pas capable de me défendre, pourquoi je n'étais capable ? Pourquoi étais-je bloquée ? Qu'est-ce qui me rendait incapable de l'affronter ? Je ne comprenais pas moi-même. Pourtant, j'avais du caractère lorsqu'il m'avait connue, pourquoi cette peur me faisait barrage ? Parce que je n'étais plus que l'ombre de moi-même, je ne savais plus qui j'étais…Un vrai pantin que l'on manipule, que l'on jette sur un mur, que l'on écrase, que l'on reprend pour s'amuser, que l'on piétine sans cesse par la suite, que l'on embrasse, que l'on câline, à qui l'on dit « pardon » et que l'on rejette contre le mur la minute suivante, que l'on piétine à nouveau, que l'on secoue et qu'on finit par casser au bout d'un moment. Une femme maltraitée est une marionnette pour son conjoint et meurt lorsqu'elle ne peut plus exprimer son désarroi et son désespoir.

Si la marionnette de F. ne s'est pas cassée, c'est que j'ai dû résister pour sauver mon enfant, mais à quel prix ?

Peu à peu, la peur commença à s'emparer de moi. Je voyais régulièrement les yeux de F. sortir de leurs orbites, les veines de son front se gonfler. Son image devenait ténébreuse, je préférais ne plus lui répondre lorsqu'il rapprochait son visage du mien et m'enterrer dans le silence. Quoi que je dise, cela ne changeait rien, cela ne lui plaisait pas. Il me faisait le reproche de ne pas parler, mais quand j'ouvrais la bouche, il n'acceptait pas ce que je disais. Il ne voulait jamais reconnaître ses torts. Aurait-il fait cela si j'avais été entourée ?

Même lorsqu'il s'allongeait près de moi, j'avais le cœur qui battait à fond et ma respiration avait tendance à s'accentuer. Il ne le remarquait pas, car je prenais sur moi en inspirant en silence et en expirant par le nez.

CHAPITRE 10

Exposée aux violences de F. à mon retour du Maroc et isolée, je fis une dépression. Cela ne se voyait pas, je faisais semblant que tout allait bien. Mais en réalité, rien n'allait. Je tournais en rond, je n'arrivais pas non plus à retrouver du travail, j'en avais marre de tout. Je n'avais plus aucune motivation pour faire quoi que ce soit, plus envie de rien. Rebelote, je me laissai encore aller avec mes crises de boulimie, je repris le poids que j'avais perdu en l'espace de quelques mois. J'étais écœurée, car je me rendais compte que toutes ses promesses n'étaient que mensonges. Il m'avait dit ce que j'avais envie d'entendre : de la manipulation pour arriver à obtenir ce qu'il voulait. Il m'avait détruite avec ses paroles, son comportement, en me faisant toujours culpabiliser. Il me faisait passer pour une personne que je n'étais pas auprès des autres. Je pleurais à longueur de journée, j'étais fatiguée psychologiquement. Mais que m'arrivait-il ?

Après une longue introspection, je compris quelque chose : on est maître de son chemin, et tant que l'on n'a pas compris ce que l'existence veut nous apprendre, on finit par refaire les mêmes erreurs. Tout se répète alors continuellement. Un matin, je me regardai dans le miroir très longuement, de la tête aux pieds. Je ne voulais plus être cette poupée que l'on articule. J'inspirai et expirai en faisant mes exercices de méditation, en absorbant des citations positives comme s'il s'agissait de nourriture. Je décidai alors de me reprendre. Il était temps pour moi d'arrêter de me morfondre, de m'apitoyer, et de chercher des excuses à tout, il fallait stopper tout cela. J'avais perdu du temps plus qu'autre chose et je m'étais rendue malade.

Le seul remède à mes problèmes était de me ressaisir et de commencer à les éliminer étape par étape, intelligemment, sans impulsivité dans mes actes et surtout avec une prise de conscience... Je décidai alors de me chercher un stage en attendant de trouver du travail. Ne trouvant pas de poste, c'était mieux que de rester chez moi. Voir du monde fait reprendre confiance en soi. Il n'y avait pas de raison pour que je n'y arrive pas ! À l'époque, volonté et détermination étaient les clés maîtresses de ma pensée.

Étant donné que mon expérience à Marrakech avait été pour moi enrichissante et une certaine révélation, je décidai alors de réaliser mon business plan pour monter ma société. J'avais cela en moi : le sens du commerce, de la créativité, du business. Je trouvai un stage de création d'entreprise. Les places étant déjà toutes prises pour la période qui m'intéressait, la formatrice me convoqua pour m'inscrire à la cession suivante et me fit comprendre que les candidatures étaient choisies en fonction de la motivation. Malheureusement, tout le monde ne pouvait pas être pris. Je me rendis à l'entretien tout de même en espérant la convaincre de me prendre pour la période en question. Il m'était en effet impossible de rester enfermée sans rien faire. Avec la formatrice, on discuta très longuement de mon projet, je lui décrivis mes stratégies, lui parlai des expériences listées sur mon C.V. et de ma motivation. Je lui dis que ma détermination était ce qui me poussait. Elle changea d'avis en me disant que j'avais du culot. Elle préférait m'avoir tout de suite plutôt que trois mois après, car ma personnalité lui plaisait. Elle rajouta une place dans cette fameuse cession et me fit comprendre qu'elle ne faisait jamais cela habituellement. Je sortis du centre toute heureuse, le sourire aux lèvres. Des pensées positives commencèrent à jaillir dans mon esprit comme jamais.

Quelques jours plus tard, je commençai mon stage qui dura presque trois mois. F. ne dit rien tant que je n'avais pas franchi l'étape de cette création de société. Malgré l'ambiance assez dure, je trouvai le temps d'envoyer en même temps des C.V. un peu partout. Je devais absolument trouver quelque chose avant de terminer ce stage et éviter de me retrouver sans activité. Je fus convoquée pour un entretien d'embauche quelques jours plus tard. Mais ce rendez-vous ne fut pas concluant, car je savais que ce poste dans une chaîne de magasins n'aurait pas été pour moi. Je ne m'y serais pas sentie épanouie, car je ne voulais plus dépendre de qui que ce soit.

Ce n'était pas grave. J'étais motivée et persuadée que je finirais par trouver autre chose tout en continuant de réaliser mon projet au centre de formation. Une semaine après, je reçus un coup de téléphone d'un patron qui était présent dans la salle au cours de mon entretien. Il me demanda si j'étais libre pour se voir. Il avait quelque chose à me proposer. J'acceptai de le rencontrer. Il me donna rendez-vous dans un endroit bien précis. Je m'y rendis. Il me dit qu'il avait été convaincu, car mon expérience à Marrakech l'avait fortement impressionné. Il me fit visiter le magasin de prêt-à-porter qu'il me proposait de diriger.

Je fus très surprise de son annonce, car je ne m'y attendais vraiment pas. Le travail venait à moi ! C'était dingue, mais j'étais contente, car mon plan fonctionnait seul…Je précisai à ce patron que j'étais en stage. Il me demanda juste de me rendre au moins une fois par semaine au magasin pour fixer les directives et prendre en charge la gestion globale en attendant de terminer ce stage. C'est comme cela que je me suis retrouvée à m'occuper d'un magasin en parallèle de ma formation. Il était important pour moi d'aller jusqu'au bout pour construire un projet.

L'idée de créer ma propre boîte n'était pas vraiment du goût de F. Il pensait qu'à travers cela, je recherchais la gloire, le strass et les paillettes, que j'étais dans un monde totalement illusoire. Sauf que moi, j'étais bien ancrée dans la réalité. J'avais une certaine ambition et je voulais être ma propre patronne. Je ne voyais pas le mal. Tous ceux qui obtiennent un diplôme ont un minimum d'ambition. J'avais déjà arrêté le chant à cause de lui en rompant le contrat que j'avais avec mon agent. Il ne voulait pas me voir avancer, et me cassait le moral systématiquement par des réflexions, ou essayait de me faire peur dans ses propos à chaque fois que l'occasion se présentait. Parfois, il prenait des prétextes pour lever la main sur moi.

Ce fut comme cela que ma nièce Léa, qui vivait chez nous, se retrouva à téléphoner à la police en cachette en présence de mon enfant. Ce jour-là, une fois de plus, il avait commencé à s'en prendre à moi, mais je n'avais rien dit à la police. Il était toujours en train d'insinuer une soi-disant tromperie avec son frère. Pourquoi est-ce qu'il ne lui posait pas directement la question ? J'en avais assez de prendre des coups gratuitement, assez d'être prise pour une moins-que-rien et d'être humiliée sans cesse, de faire semblant devant sa famille ou à l'extérieur, de faire croire que tout allait bien ! Ce coup-ci, il m'avait fait rentrer dans la chambre, il m'avait poussée contre le mur, et m'avait donné des coups tellement forts sur mon bras que mes vaisseaux sanguins avaient éclaté. Il m'avait attrapée par les cheveux et m'avait fait tournoyer pour me jeter sur le lit en terminant avec un coup de pied sur ma cuisse, le tout accompagné d'une claque ! Il y avait aussi cette fois où il avait voulu me jeter par la fenêtre en me traînant par les pieds, ou encore la fois où il m'avait craché au visage. Des situations similaires s'enchaînèrent. Je souffrais énormément. S'en rendait-il seulement compte ?

Il voulait me détruire ! Quand je l'imitais, il refusait d'accepter son image et me disait que ce n'était pas vrai, il n'arrivait pas à se voir tel qu'il était !

F., voyant tout de même que j'avais changé, me demanda ce qui n'allait pas, pourquoi je ne voulais rien lui dire. Le souci, c'était qu'il ne se rendait pas compte qu'argumenter était inenvisageable avec lui. Il faisait croire aux gens que c'était avec moi que les discussions étaient impossibles. Il me tabassait quand je disais quelque chose qu'il ne voulait pas entendre ou admettre. Voilà pourquoi je plongeais dans le silence. Il me faisait passer aux yeux des gens pour celle qui ne voulait jamais discuter et arranger les choses, pour l'égoïste. Il racontait tout à sa manière pour me dévaloriser. En même temps, personne ne chercha à savoir pourquoi j'étais si renfermée. D'ailleurs, les gens ne savaient rien de moi, il était donc très facile pour eux de me juger.

Un jour, je pris mon courage à demain et décidai de dire à F. que rien n'allait et qu'il devait me laisser partir. Il n'y eut aucune discussion constructive, mais une tornade de claques incessantes qui me fit tourner sur moi-même. Ma tête cogna alors contre les murs à plusieurs reprises. Chaque fois que je tentais de me relever, les gifles repartaient de plus belle et je me retrouvais de nouveau sur le sol.

Après plusieurs minutes de dispute, je m'emparai d'un vase que je cassai. F. partit alors dans la cuisine chercher un balai avec lequel il recommença à me tabasser. J'étais au sol. Il me tapait les jambes avec le manche. J'ai reçu le dernier coup sur mon bras, alors enroulé autour de ma tête pour la protéger. Ma fille pleurait et ma nièce se mettait au milieu de F. et moi du mieux qu'elle pouvait. Où était son esprit à ce moment-là ? La violence visuelle ne créait-t-elle pas des traumatismes chez un enfant ?

Je parvins à m'échapper de la pièce. F. me dit alors que je ne partirais pas avec mon enfant. Je sortis de l'immeuble en pleurant. Je courus et j'allai chez son ex belle-sœur. Lorsqu'elle me vit en train de pleurer, elle décida de me faire rentrer, me mit de la glace sur l'avant-bras et essaya de comprendre ce qui s'était passé. F. vint me chercher par la suite et commença à crier. Il me fit passer encore une fois pour celle qui ne voulait pas discuter. Il se mit à parler de mon projet et à s'y intéresser comme par hasard devant elle alors que d'ordinaire il ne voulait pas en entendre parler. Il répétait que j'étais une égoïste. Il était complètement bourré et disait parfois n'importe quoi, que c'était à cause de moi qu'il buvait. Pourquoi me reprocher des choses qu'il faisait bien avant de me connaître ? C'était vraiment histoire de justifier son comportement ? Toujours à inverser les rôles ! En sortant de chez elle, il commença à me dire qu'elle voulait me mettre dans son lit et à invoquer des histoires la concernant. Mais le passé de cette femme ne me regardait pas.

J'étais gênée de me présenter avec des bleus à mon centre de formation et sur mon lieu de travail, en plein mois de juin. J'étais obligée de porter un gilet alors qu'il faisait très chaud. La formatrice s'aperçut assez rapidement des marques que j'avais sur le cou. Elle comprit tout de suite malgré mes sourires de façade. Je déployais toutes les forces en moi pour faire comme si de rien n'était.

Elle me prit à part et me dit que la seule solution était de porter plainte, que les mains courantes ne servaient pas à grand-chose dans ce genre de situation. Mon patron, quant à lui, comprit également sans aucun mot, juste en regardant l'état de mon bras. Il me dit que je ne devais pas accepter et que j'aurais le déclic au moment où je me sentirais prête. Mais à l'époque, je n'étais pas encore prête, trop tétanisée pour aller porter plainte.

Peu de temps après, je décidai de partir pour moi et mon enfant, préserver ma fille, témoin malgré elle de cette violence. Lorsque je pris mon poste à temps complet, je décidai de mettre de l'argent de côté, de faire suivre mes courriers de la banque chez ma tante. Heureusement que le travail m'occupait et que je pouvais penser à autre chose. Je n'avais pas envie de me focaliser sur tous les problèmes du quotidien… Je devais partir pour moi et mon enfant, préserver ma fille de toute violence visuelle et protéger son développement afin d'assurer son épanouissement personnel et son équilibre. Mais je ne voulais pas partir bêtement et sans rien. Il était hors de question d'aller chez une assistante sociale ou de passer par des foyers. J'avais peur de traumatiser par trop de bouleversements ma fille. Encore un peu de temps et de patience, je devais tenir. J'avais décidé de consacrer l'argent que j'avais mis de côté pendant un an aux frais d'agence.

Les choses ne s'arrangèrent pas. F. profita de l'absence de ma nièce pour s'en prendre encore à moi. Après avoir bien bu, une nuit, à deux heures du matin, il se leva et vint dans la chambre de ma fille avec qui je dormais. Il commença à crier et à chercher mon sac dans tous les sens. Il le trouva sous le lit et le prit violemment en me traitant de grosse pute, m'interrogeant sur ce que j'avais à cacher. F. vida mon sac, regarda dedans et prit tous les papiers en me les jetant à la figure. Il me poursuivit dans le couloir, en me lançant la lampe et mon portable plusieurs fois au visage sous les yeux de ma fille. Forcément, mon téléphone se brisa. J'avais tellement peur. Je pleurai, mais ne dis rien. J'essayai de me justifier alors que je n'avais rien fait. Ce qui dérangeait F., au fond, était mon refus d'être soumise.

Mes collègues de travail ne comprenaient pas. Mon comportement avait changé, j'étais renfermée, j'avais peur de tout et de rien. Une d'entre elles avait vu mes bleus et s'était concertée avec une autre. Elles m'avaient ensuite demandé ce qui n'allait pas. Elles m'affirmaient ne plus me reconnaître. J'avais du mal à sourire. J'avouai finalement à l'équipe ce qui se passait. Mes collègues furent sous le choc et me soutinrent. Dans les jours qui suivirent, elles se mirent régulièrement à me réconforter, à me faire rire pour me faire oublier. Mais je pensais énormément à ce qui m'attendrait une fois chez moi, J'appréhendais. J'avais une boule au ventre à chaque fois avant de rentrer. F. allait jusqu'à me harceler au téléphone sur mon lieu de travail. Parfois, une de mes collègues répondait pour m'éviter toute discussion. Toutes me soutenaient énormément. Cette force qu'elles me transmettaient m'a beaucoup aidée pour la suite.

Plus j'y pensais et plus cela devenait invivable. Je ne pouvais plus rester dans ce cauchemar. Je devais vraiment quitter cet appartement, me séparer de F. et partir loin de lui.

Devant les autres, il était toujours souriant, toujours prêt à rendre service, aimable avec son entourage, dévoué, gentil, sympathique. Il renvoyait une image positive de celui qui était cultivé, qui donnait des conseils et que tout le monde appréciait. Moi, j'apparaissais comme une femme renfermée, qui faisait la gueule, qui ne souriait pas, qui ne disait pas grand-chose. Je voulais être tranquille, je ne participais à rien. Je n'étais pas à l'aise avec les gens et mon apparence laissait à désirer. À votre avis, à qui aurait-on donné le plus de crédit ? Si j'en avais parlé à quelqu'un, ne m'aurait-on pas prise pour une menteuse ? Les gens se fient aux apparences dans ce genre de situation, sans chercher à creuser.

Enfin, pour retrouver une vie meilleure, je devais prendre le risque de partir et de le dire. Je voulus le faire en l'annonçant à F. J'étais décidée à faire mes bagages et tout quitter. Mais jamais sans mon enfant. Au fond de moi, je savais que mon départ ne plairait pas à F. En apprenant que j'envisageais de partir, F. jeta dans les escaliers la valise qu'il m'avait préparée en deux minutes pour me provoquer. Je courus chez un voisin qu'il connaissait bien. Il me rejoignit. Le voisin, également un ami, tenta de le raisonner, de lui dire que cela ne pouvait pas continuer ainsi. Pour moi, c'était clair. La relation était toxique et malsaine. Pourquoi F. ne voulait-il pas me laisser partir ?

Par chance, mon oncle qui vivait aux États-Unis était en France à ce moment-là. Il était venu me voir une semaine auparavant. Ma fille, qui avait quatre ans à ce moment-là, lui avait dit que F. me tabassait. Il décida alors de venir me chercher sur mon lieu de travail le dimanche avec mon cousin. Ils me ramenèrent chez moi pour me permettre de prendre des affaires de rechange. Je décidai, à contrecœur, de laisser ma fille chez son père, car elle avait école le lendemain. Mon oncle logeant dans une autre ville, cela m'aurait fait trop loin pour l'accompagner à l'école.

Ce soir-là, j'essayai de dormir. J'avais accumulé les nuits blanches au cours des dernières semaines. J'étais fatiguée au point d'en pleurer. Je voulais partir, j'en avais assez de cette situation. F. me reprochait de ne rien faire comme un couple normal, de ne pas avoir de rapports. Comment avoir des rapports avec quelqu'un qui vous rabaisse, vous insulte, vous frappe ? Pour moi, c'était inconcevable.

Le lendemain, je me rendis comme d'habitude à mon travail. La journée se déroula normalement. Une heure avant de fermer la boutique, cette fameuse boule au ventre me reprit d'un coup. J'angoissais, c'était horrible. Une fois la boutique fermée, je pris les transports comme d'habitude, la peur au ventre, ne sachant pas ce qui allait se passer, étant donné que la semaine avait été plus que houleuse. Je pensais à tout et à rien. Je me remémorais toutes les fois où il avait levé la main sur moi, où il m'avait dit des choses blessantes, où il avait tendance à mêler ma famille à tout cela, alors qu'elle n'avait rien à voir dans l'histoire : « Si je veux, je te détruis moi ! Toi, t'es rien, toi ! Ta mère, c'est une sorcière, elle aime pas les Noirs ! Vous, les Arabes, vous êtes une sale race, vous parlez de Dieu, Dieu vous a donné cinq prières et vous êtes quand même des gens sauvages ! Vas-y, casse-toi, espèce de connasse va ! De toute façon, t'es marocaine, une vrai marochienne comme on vous appelle si bien, connasse va, je vais te tuer, tu vas voir, je vais te tuer ! » me hurlait-il sans parvenir à se contenir. Que répondre à cela ?

En arrivant dans notre appartement ce jour-là, je découvris que F. n'était pas là. Ma valise ouverte était sur la table du couloir. Il y avait ma nièce et ma fille que j'ai serrée dans mes bras avant de le mettre au lit. Une demi-heure après, F. rentra, soûl, avec un joint, et se dirigea vers son ordinateur. Une vingtaine de minutes s'écoulèrent. Puis il reçut un appel de ma sœur. Elle lui demanda si cela le dérangeait que sa fille, ma nièce, reste chez nous. Il lui répondit que non, car il la considérait comme sa petite sœur, il l'aimait beaucoup, elle faisait partie de sa famille. Cette réponse me déplut puisqu'il me faisait régulièrement des commentaires et des critiques la concernant. Énervée, je me mis à marmonner. Une fois qu'il raccrocha, il se dirigea vers moi et commença à crier en me disant que j'étais une putain d'égoïste, que je ne pensais qu'à ma gueule. Tout était un prétexte pour provoquer une nouvelle altercation, pour se permettre une fois de plus de lever la main sur moi. Au fond de lui, il n'acceptait pas que je veuille partir. Il avait beau dire aux gens qu'il se foutait de mon départ, qu'il n'avait aucun problème avec notre rupture, il ressentait en fait tout l'inverse.

Toutes ces années ont été gâchées par un amour-propre démesuré, un ego destructeur et une perte de contrôle de la situation. L'amour n'est pas une possession.

F. me poursuivit dans le couloir en tournant autour de la table. Je me mis à courir également, car il me faisait peur ! Il me jeta des choses au visage et finit par m'attraper. Il me bloqua dans le coin de la porte. Il commença à me mettre des claques tellement violentes que je finis par tomber sur le sol. À ce moment-là, en prenant tout son élan, il me mit trois coups de pied. À croire que j'étais un ballon de foot ! Ma main reçut le dernier coup de pied. Je criai de douleur, car je ne sentais plus mon poignet. Je crus qu'il s'était cassé. Ma nièce s'interposa pour arrêter F. Elle m'aida à me relever, et me dirigea vers la salle de bains. F. revint en me reprochant d'avoir laissé ma fille seule. Il me fit culpabiliser, me dit qu'il lui avait donné de la Ventoline, alors que je savais pertinemment que j'avais emporté ce produit avec moi. Un mensonge de plus ! Je le suppliai d'arrêter. Il me mit un coup de tête au visage, sous l'œil. Je tombai sur le bord de la baignoire. Il sortit, fit le tour de la table et revint. Il me regarda, puis me lança :

– C'est quoi ça ? T'as fait ça comment ?

Il était comme fou. Il tournait dans tous les sens !

– Mais c'est toi qui viens de me faire ça !

– Espèce de connasse va ! T'as laissé l'enfant seule, elle te cherchait partout.

– Arrête s'il te plaît, je ne recommencerai plus ! Je t'en supplie, arrête de me taper !

Comme si j'avais quelque chose à me reprocher, je n'avais rien fait de mal ! Je devais en plus de cela m'excuser !

Deuxième coup de tête sur le côté droit de mon crâne. Je m'écroulai, étourdie. F. me donna un coup de pied. Ma nièce s'occupait de mon enfant qui pleurait, qui m'appelait. Elle entendait les coups que je recevais. Comment a-t-il pu ? Je crus que j'allais mourir et que c'était ma dernière nuit. Tout se passa vite. Il rapprochait son visage du mien en continuant ses reproches et en essayant de me faire peur. Il me fit rentrer dans la chambre de mon enfant. Ce dernier était dans une autre pièce avec ma nièce, F. ferma la porte. Ses yeux sortaient de leurs orbites, les veines de son front saillaient. Je pris sur moi, car ma nièce et mon enfant avaient école le lendemain. Elles avaient besoin de dormir toutes les deux.

Au bout d'un moment, j'essayai de me diriger vers le salon afin d'appeler mon oncle et lui demander de venir me chercher. F. m'attrapa par le bras, et me dit qu'il n'en avait pas fini avec moi. Il me bouscula et me fit rentrer dans la chambre. Je lui demandai de me laisser tranquille.

Il m'ordonna de baisser mon pantalon. Je ne comprenais pas ce qui se passait. Je répondis que non, que je ne voulais pas l'enlever. Il se dirigea vers moi, déboutonna mon jean, me déshabilla comme une enfant et me demanda de m'asseoir. Je ne voulais pas et commençai à pleurer. Il me fit comprendre qu'il allait me donner des raisons de le détester et que cela durerait toute la nuit ! J'étais écœurée ! Il ferma la porte, et mon cauchemar commença. Il me viola par deux fois. Il savait très bien ce qu'il faisait. Il pourra le nier toute sa vie ou faire croire aux gens qu'il ne s'est rien passé en adoptant un comportement de victime, car ce n'est pas quelque chose d'avouable. Mais sa conscience et les conséquences de ses actes le lui rappelleront tous les jours. Pour moi, il n'y a pas de mémoire sélective comme on a pu me le répéter au cours du procès. Cela a été fait et restera dans ma mémoire.

Je regardais le ciel. Si je pleurais fort, il me mettait la main sur la bouche. J'avais mal à ma jambe et à ma main. J'avais des pics de douleur dans le crâne. Je le suppliai en lui disant que je ne voulais pas, mais je n'avais plus la force de le repousser, il s'en foutait royalement, il était indifférent face à ma peur, c'était inexcusable ! Quand tout fut terminé, il s'endormit comme si tout était normal pour lui, comme si de rien n'était. Il commença à ronfler, je continuai de pleurer en silence. Pour moi, j'avais atteint le fond. Il avait commis l'irréparable. Il avait franchi des limites que je ne pouvais accepter.

Les yeux rivés vers le ciel, je flottais comme si je voulais sortir de ce corps bafoué. Je me mis à méditer.

Je fis une crise d'angoisse, je ne dormis pas de la nuit… Comment accepter un rapport sexuel alors que l'on vient de se faire tabasser ? Je me sentais comme une merde. Que pouvais-je faire à part céder à la peur ?

Le lendemain, je me levai, tentai de me préparer. F. vint me voir comme un fou en m'ordonnant d'emmener notre enfant à l'école. Je lui répondis que je n'avais pas le temps, car je risquais d'être en retard. Il éleva la voix et finit par me dire d'un ton ironique alors que je quittai l'appartement :

« Surtout… n'oublie pas d'aller porter plainte ! »

Chapitre 11

Voilà. J'avais porté plainte, j'étais chamboulée, perturbée. La peur me tiraillait le ventre, j'avais envie de vomir. J'avais l'impression d'être dans une autre dimension où tout se serait arrêté. On m'avait bien dit que F. était en garde à vue, mais j'avais peur qu'il vienne me retrouver, me tabasser une fois de plus ou me tuer parce que j'avais osé porter plainte. Je redoutais aussi sa famille, les représailles de ses proches et toutes les conséquences éventuelles. En même temps, je voulais juste que tout s'arrête une bonne fois pour toutes. Je n'avais personne pour me défendre, aucune famille dans les environs, personne à qui me confier. Mon oncle était reparti aux États-Unis le jour de mon agression. Je n'avais trouvé personne d'autre. Les gens qui me connaissaient de vue n'avaient aucune idée de mon réel état d'esprit, de ce que je traversais. Je ne laissais rien transparaître et faisais comme si tout allait bien. J'étais fatiguée psychologiquement et essayais de faire bonne figure devant mon enfant, de lui sourire pour le rassurer.

Ce jour-là, l'ex-femme de mon oncle décida de venir me chercher et de récupérer toutes mes affaires. Elle ne me faisait pas cette proposition de bon cœur, mais contrainte sur demande de son ex-mari. Même si je ne voulais pas aller chez elle, dans l'urgence, j'y fus obligée.

Le jour où je me rendis chez l'expert gynécologue, rendez-vous pris par l'infirmière des UMJ, je regardai dans tous les sens, car je croyais voir F. partout. Je me cachais sous la capuche de mon manteau, complètement terrorisée, je pleurais en marchant tête baissée et je me demandais ce qui allait m'arriver dans les jours à venir. Allais-je me retrouver à l'hôpital ou dans une tombe ? J'avais des idées noires dont je ne parvenais pas à me défaire.

Le juge me téléphona une demi-heure avant mon rendez-vous pour comprendre les raisons de mon absence à la confrontation avec F. Je lui expliquai que j'avais peur et que je n'étais pas prête à revoir le père de ma fille. Il comprit ma terreur et essaya de me rassurer comme il le pouvait. Cela m'étonna de recevoir un appel de sa part.

Le lendemain, il me téléphona de nouveau pour me prévenir que je pouvais retourner dans mon appartement, car il avait demandé une injonction de justice. F. avait interdiction de se rendre à notre domicile pour un délai de trois mois. Le juge voulait également savoir comment je me sentais et si j'étais chez quelqu'un. Pour ma part, j'étais paniquée. Il m'expliqua alors qu'il était important de me rendre à la confrontation. Je recevrais d'ailleurs un courrier en ce sens sous peu.

Quelques jours passèrent. J'étais en arrêt maladie pour une dizaine de jours, je boitais encore un peu, des angoisses survenaient de temps à autre. J'avais du mal à dormir, mon visage passait du bleu au violet pour terminer jaune. Je mettais du fond de teint pour camoufler les traces. J'étais pressée de reprendre le travail. C'était aussi cela qui m'avait sauvée ; me concentrer sur quelque chose me permettait de ne pas penser à mes soucis. Cela me faisait du bien. Du moment que mon esprit était occupé, plus rien ne pouvait m'atteindre... Deux mois passèrent, je me rendis à une convocation chez une experte en psychologie judiciaire, à la demande du juge, pour évaluer mon état psychologique. J'ai voulu le faire pour connaître le verdict des résultats. Avais-je un souci quelconque comme le prétendait F. ? Je fis les tests et répondis aux questions, elle m'observait très longuement suite aux réponses que je fournissais. Son regard parfois me gênait, il lui arrivait de me dévisager, mais peu importe, il fallait que je le fasse simplement pour savoir.

Les résultats tombèrent peu de temps après, les tests concluaient que j'étais parfaitement normale et bien insérée socialement. On me confirma que je n'avais aucun souci d'ordre psychologique et que j'étais simplement anxieuse. Un soulagement s'empara de moi, moi qui avais cru les paroles de F. lorsqu'il disait que j'étais folle ou que j'avais un problème, le souci n'était pas moi, mais allait bien au-delà, car je compris que les rôles avaient tendance à être inversés dans ces relations toxiques.

Un jour où le calme revenait peu à peu, je me rendis compte que je ne devais plus perdre de temps à me morfondre à la suite de ces nouvelles. Cela ne servait à rien. Je compris que l'on ne pouvait rien faire à l'encontre de la vie, quand elle décidait de vous apprendre des choses, elle vous les apprenait et puis c'est tout, reste à en saisir le sens. Je n'étais pas bien chez l'ex-femme de mon oncle. Elle passait son temps à insister lourdement pour me marier à son fils.

Lorsque l'on est née en France et qu'on a été éduquée de façon différente, c'est dur et incompréhensible. Je lui donnais de l'argent et participais aux tâches ménagères, même si elle me dévalorisait constamment au téléphone, en ma présence, auprès de mon oncle, sans aucune honte ni sans aucune gêne. Je prenais mon mal en patience. Je gardais toujours le contrôle de moi-même pour ne pas rentrer en conflit avec elle ! La goutte d'eau qui fit déborder le vase fut le Noël que je voulus organiser pour mon enfant. L'ex-femme de mon oncle fit des réflexions en me disant que les Musulmans ne fêtaient pas Noël. Remarque infondée puisque je ne suis pas musulmane. Puis elle aurait dû se renseigner, car de nombreux Musulmans fêtent Noël. Pourquoi se faire passer pour quelqu'un de pieux lorsque l'on est en réalité hypocrite, profiteur et menteur ?

Je me rappelle avoir fait la vaisselle en laissant la lumière éteinte, tout en pleurant et parlant avec le Ciel. Est-ce qu'il y avait vraiment un « Dieu » ? Je lui demandais de me trouver un appartement, lui disais que je n'en pouvais plus, que ma vie n'avait aucun sens. Je voguais de galère en galère. Je devais absolument réussir pour ma fille. Je respirai un bon coup et allai me coucher, puis je poursuivis ma méditation sous ma couette.

CHAPITRE 12

Quatre jours plus tard, je décidai de me reprendre en main physiquement et d'aller chez une coiffeuse. On discuta de tout et de rien, de la vie. Elle essayait de me connaître, elle me posait des questions, chez qui j'habitais, si je travaillais, si j'étais heureuse à Paris. Je lui dis que je recherchais un appartement, mais que c'était assez difficile, car on me demandait toujours des garants. Je lui racontai ce par quoi j'étais passée, que je venais de Nice et que le Sud me manquait. Je ne rentrai pas dans les détails, mais elle comprit tout... Du brun, mes cheveux sont passés au blond méché. Pour moi, il était important de changer de tête, d'apparence, après le traumatisme que je venais de subir. D'ailleurs, je me sentis immédiatement mieux. Une fois mon brushing terminé, la coiffeuse m'informa qu'elle avait un appartement à me proposer, car elle était propriétaire. Elle rajouta que le garant n'avait aucune importance. Elle m'expliqua rapidement avoir été elle aussi exposée à la violence conjugale. Elle rajouta qu'elle préférait que ce soit moi sa locataire, car elle voyait que je voulais avancer et m'en sortir. Je lui suis reconnaissante, on ne peut pas oublier les gens qui ont contribué à ce qu'on s'en sorte et qui nous ont aidé !

Une semaine plus tard, un crédit m'avait été accordé grâce à ma banquière. Cette dernière connaissait également mes histoires. Confiante en sa présence, je m'étais confiée à elle. Elle m'a été d'une très grande aide. Elle s'était toujours débrouillée pour que je n'aie pas de soucis. J'avais également fait les démarches auprès d'EDF et de tous les organismes avant notre entrée dans l'appartement. Ce n'est qu'au bout d'un mois et demi de cohabitation avec l'ex-femme de mon oncle que je pus partir de chez elle sans aucun regret.

Le jour de mon départ, je laissai toutes mes affaires dans mon nouvel appartement et mon enfant chez ma tante pour le week-end. J'allai directement chez Conforama, et je m'arrangeai avec un livreur. J'achetai tous les meubles dont j'avais besoin et les montai un à un, sans aucune aide. Je ne voulais pas que ma fille soit désorientée face à un appartement vide. Sa chambre serait prête lorsqu'elle serait là... J'allai la chercher le dimanche chez ma tante. La joie se lut sur son visage quand elle pénétra dans les lieux. Enfin, nous étions installées dans une zone pavillonnaire, tranquille, exactement ce que je voulais pour elle. Je l'inscrivis dans sa nouvelle école, trouvai une nounou près de chez moi. Nous étions chez nous et je reprenais goût à la vie. Je pouvais faire ce que je voulais. Je soufflais. J'étais heureuse d'avoir un appartement. J'étais capable, oui, j'étais capable de me débrouiller sans F. qui me faisait croire que je n'étais rien sans lui, que je ne serais jamais capable d'assumer des factures et un appartement. Eh bien voilà ! Avec un seul salaire, sans aucune autre aide, sans assistante sociale ni aucune association, j'y arrivais... Je m'en sortais très bien. Je payais mes factures en temps et en heure sans aucun retard ! Oui, je pouvais garder la tête haute !

CHAPITRE 13

Un an après la terrible nuit, le juge me téléphona en me demandant pourquoi je ne m'étais pas présentée à la convocation. Je lui dis alors que je n'avais jamais reçu son courrier. Je lui donnai ma nouvelle adresse. Quelques jours plus tard, je reçus donc le recommandé du juge. À ce moment-là, je me dis que je devais absolument rechercher un avocat. À l'époque, j'étais responsable de boutique dans le XVIe arrondissement. Sachant que j'allais bientôt voir le juge et être présente pour la confrontation avec F., j'étais dans tous mes états.

Il y eut des répercussions dans mon travail. D'ailleurs, ma vie professionnelle se passait de moins en moins bien. Je n'étais pas assez concentrée, car, en plus de mes problèmes personnels, la pression de la direction était trop forte. Je n'aimais pas cette ambiance qui me perturbait, les cauchemars reprirent.

J'avais décidé de rechercher des avocats pas très loin de mon lieu de travail. Je pris rendez-vous avec deux d'entre eux ; le premier était un homme, très distant, il n'avait aucun sens de l'écoute. J'avais l'impression d'être la coupable avec ses questions inappropriées et le sentiment de ne pas être prise au sérieux. C'était lamentable de voir une telle indifférence et un certain mépris. Je sortis de son cabinet assez anéantie. Je commençais à détester les hommes !

Le deuxième rendez-vous fut avec une femme. Elle était gentille, m'écoutait, mais me fit comprendre qu'elle n'avait jamais eu d'affaires comme la mienne. Elle ne connaissait rien aux violences conjugales. J'aurais foncé droit dans le mur avec elle.

Je me demandais comment j'allais faire. Quinze jours avant le rendez-vous avec le juge, je n'avais toujours pas trouvé d'avocat.

Je décidai de me calmer en me disant que les avocats étaient peut-être comme les médecins : on ne va pas chez un ophtalmologiste si on veut se faire soigner une arthrose, il devait sûrement y avoir des avocats spécialisés dans les violences conjugales. Sans trop y croire, je décidai donc de faire des recherches sur Internet à ce sujet. Je tombai sur un site d'un cabinet spécialisé.

Je décidai de laisser un message sur son répondeur. Quelques heures plus tard, je reçus un appel de Maître Nathalie Tomasini, l'une des avocates de ce cabinet. J'avais rendez-vous une semaine plus tard.

Lorsque je me rendis à cette entrevue, mes peurs reprirent le dessus. Mes angoisses ne me laissaient pas en paix. J'étais tétanisée. Ce fut horrible. J'attendis cinq minutes, puis Maître Tomasini me fit entrer dans son bureau. Elle était blonde, une très belle femme avec beaucoup de classe et de prestance. Beaucoup de charisme se dégageait de sa personne. Sur le coup, je me dis : « Sur qui vais-je tomber ? »

On s'assit autour d'une table. J'entrepris de tout lui raconter. Lorsque je commençais une phrase, elle la terminait sans aucune hésitation. J'étais sous le choc, car elle avait réponse à tout. Je n'avais pas besoin de lui parler, elle me comprenait. Pas de doute, elle était bien spécialiste de la question. Je me dis : « Wouah, je suis bien tombée, elle sait de quoi je parle ! » À mon grand étonnement, le rendez-vous dura environ trois heures. Elle prit son temps précieusement, m'écouta avec attention en prenant des notes, m'expliqua le processus de certains hommes, car mon histoire était semblable à ce qu'elle connaissait. Je pris conscience que d'autres femmes subissaient les mêmes choses. Je me rendis compte qu'elle était dans le vrai : elle connaissait donc les failles, les pièges, et pouvait contrer des tas de choses. J'étais enfin heureuse malgré mon corps qui tremblotait, je me sentais en sécurité auprès d'elle et en confiance. Elle me prit la main et me réconforta. Je fus touchée par son attitude. Je n'hésitai pas une seconde : c'était elle que je voulais. Je ne m'étais jamais défendue contre les coups, mais avec une avocate telle que Maître Tomasini, je me sentais mieux pour affronter le combat de ma vie, car elle me donnait du courage, de la force qu'elle savait très bien transmettre, et du répit. Elle devenait mon épée, mon bouclier, et la parole qui me manquait tant pour me défendre. Elle m'avait fortement convaincue. Enfin quelqu'un qui me croyait, qui me soutenait et qui était avec moi ! Elle ne m'a jamais jugée, bien au contraire, son regard était plein de compassion, une certaine envie de combattre se saisissait d'elle pour me rendre ma dignité, un moment que je n'oublierai guère et qui restera gravé dans ma mémoire. Elle était directive et savait exactement ce qu'on allait entreprendre, elle parlait d'un ton ferme, précis, sûre d'elle. Elle dressa un plan complet… En sortant de son cabinet, je soufflai, je me calmai immédiatement et passai une fin de journée merveilleusement mémorable !

La confrontation avec F. survint quelques jours après, et elle fut présente pour m'accompagner, bien consciente que je ne m'étais pas rendue aux précédentes convocations par crainte de me retrouver face à mon ancien compagnon. De son côté, le juge ne me blâma jamais, car il comprenait cette peur qui m'assaillait. J'avais besoin que mon avocate soit là, car j'étais plus rassurée. Elle me tenait la main, me réconfortait. Désormais, à ses côtés, je pouvais parler. J'avais toujours gardé la même version depuis le départ, car je ne faisais que raconter ce qui s'était réellement passé. Or, F. se contredisait constamment. Ce fut à ce moment-là qu'on apprit que son avocat avait entrepris des démarches auprès du juge des affaires familiales. Je n'avais jamais reçu le courrier correspondant puisque son avocat l'avait envoyé à l'adresse de F. Il savait très bien ce qu'il faisait : il voulait éviter de me voir à l'audience. Pour ne rien arranger à l'affaire, lorsque j'appris la date de la nouvelle audience qui devait statuer sur la garde de ma fille, je perdis une fois de plus mon emploi, un mois avant cette procédure. Je n'arrivais plus à suivre entre les tribunaux, les confrontations. La peur de me retrouver dans la même pièce que lui me rongeait intérieurement. Je sombrai peu à peu… D'autant plus que F. racontait à tout le monde que j'avais porté plainte pour garder mon enfant. Or, je cherchais juste à la mettre à l'abri des violences psychologiques. Le problème était beaucoup plus grave ! Comment pouvait-il dire cela étant donné qu'il avait été lui aussi exposé à ces violences au cours de son enfance ?

C'était sans compter sur Maître Tomasini qui reprit les choses en main et fit toutes les démarches. En fin de compte, j'eus la garde définitive de mon enfant.

Chapitre 14

Cinq mois s'écoulèrent. Je me sentais mal, je n'en pouvais plus, j'avais envie de tout arrêter. Je ne voulais pas l'admettre, mais je commençais à faire une dépression. Je ne parlais pas de mes soucis aux gens, je souriais ou alors restais seule. Je n'avais envie de communiquer avec personne, simplement pour éviter d'avoir à répondre à des questions. J'envoyais souvent des mails à Maître Tomasini. Puis vint le jour où je lui dis que je voulais tout arrêter. Elle me téléphona immédiatement :

– Samia, qu'est-ce qui ne va pas ? Pourquoi vous voulez tout arrêter ?

– Parce que je suis trop fatiguée Maître, je n'en peux plus, je veux tout stopper ! J'ai l'impression que je ne verrai jamais la fin !

– Mais comment ça vous voulez tout stopper ? Regardez tout ce que vous avez fait jusqu'à présent ! Vous êtes partie au Maroc, vous avez réussi à trouver du travail en si peu de temps, un appartement dans lequel vous vivez, beaucoup de personnes n'arrivent pas à faire ce que vous avez fait, vous avez une force de caractère ! Vous devez absolument tenir, vous devez le faire pour votre enfant, et pour vous ! Bon, écoutez, ça suffit maintenant, vous allez vous relever, vous battre et sortir de chez vous !

Elle m'ordonnait tout cela d'un ton ferme et déterminé. « Reprenez le travail, vous ne pouvez pas rester comme ça ! » conclut-elle.

Je l'écoutai attentivement et méditai sur ses paroles pendant une dizaine de jours. Je me rendis à l'évidence : elle avait raison, elle m'avait bien secouée. J'en avais eu besoin, car elle savait qui j'étais et comment je fonctionnais. Elle était consciente qu'une parole positive pouvait me relever ! Lorsque je disais vouloir tout arrêter, ce n'était pas moi, je n'étais pas dans mon état normal. J'avais déjà supporté tellement plus que cela. Alors, je me relevai, me repris en main. J'envoyai des C.V. à toutes les entreprises qui m'intéressaient. Un mois et demi plus tard, je passai un entretien et j'arrivai à avoir un poste du premier coup. Voilà, j'allais beaucoup mieux…

Pendant ces trois années d'attente entre la plainte et le procès, je plongeai dans la méditation et j'écoutai inlassablement du Vivaldi ou du Mozart. Je faisais souvent des nuits blanches, m'accrochais en écoutant les classiques de Maria Callas. Je chantais également, car je recherchais un bien-être quelque part, de l'apaisement, et à faire en sorte de calmer mon esprit.

C'était quelque chose dont j'avais besoin pour ouvrir les yeux. Encore aujourd'hui, je me sers de tout cela. Cela me tranquillise mentalement, me fait comprendre le sens des choses et de la vie, ces musiques en particulier m'aident à relativiser les événements. Elles m'ont aussi fait avancer à travers mes introspections et à travers mes quêtes de réponses. En attendant le jugement, je ne pouvais pas passer à autre chose. Je ne vivais pas mais survivais. C'est à ce moment-là que je me rendis compte de certaines choses auxquelles je n'avais pas prêté attention dès le départ.

Une relation semblable à la mienne était le début d'un engrenage difficile à désamorcer, car avoir accepté une claque dès le début, c'était ouvrir une porte à celui qui l'avait mise. Je m'en suis rendu compte trop tard, car en lui permettant cela, j'ai accepté inconsciemment qu'il recommence, simplement parce que je croyais qu'il m'aimait, car il me disait souvent : « Je te tape parce que je t'aime. » Comment ai-je pu croire à cela ? Quand on aime, on ne tape pas ! Je me suis voilé la face pendant des années en pensant que je devais l'accepter comme une voie sans issue.

Par ailleurs, durant cette période, je ne voulus personne dans ma vie, je n'étais pas en mesure de faire entrer quiconque dans mon cœur, ni de donner quoi que ce soit. Je n'avais pas la force ni l'envie de faire endurer mon histoire personnelle à quelqu'un. Je n'étais pas disponible pour cela, personne ne méritait cela ! D'ailleurs, lorsqu'un homme essayait de s'approcher de moi, je faisais en sorte de l'éloigner en ayant une attitude indifférente, avec parfois un comportement méprisant, il avait du mal à comprendre mes attitudes et à me cerner, je l'évitais. J'étais dans une mauvaise optique et je ne voulais pas faire de mal à quelqu'un qui ne le méritait peut-être pas. Pour moi, c'était en suspens tant que le procès n'aurait pas eu lieu, pour pouvoir tourner la page par la suite et recommencer tout à zéro. Ma fille était épanouie, car je faisais en sorte que tout aille pour le mieux et je ne me consacrais qu'à elle, elle était importante plus que tout. La vie continuait, je me projetais dans une vision créatrice en pensant à mes projets : tous ceux que je pourrais réaliser après le procès, une fois cette page tournée, quand tout serait terminé. Je mourrais définitivement pour revivre, je ressusciterais et je goûterais à une nouvelle vie, car je ne serais plus jamais la même personne ! Car ma vie, je ne l'ai jamais véritablement commencée.

CHAPITRE 15

« Ce que tu gagneras par la violence, une violence plus grande te la fera perdre. »

Gandhi

À l'été 2013, je reçus un mail de Maître Tomasini ; la date du procès avait été fixée et approchait à grands pas : il aurait lieu deux mois plus tard. Mes angoisses reprirent. En même temps, j'étais confiante, car Maître Bonaggiunta, l'associée de Maître Nathalie Tomasini, s'était jointe à nous. Mon histoire lui tenait à cœur, elle connaissait le dossier parfaitement. On prépara l'audience, elles virent mes amies, ma sœur Jacky, recueillirent leurs témoignages, etc. Deux semaines avant le procès, je ne fis que des nuits blanches, dormis très peu. Les cauchemars reprirent, j'avais constamment envie de vomir à cause de cette peur qui me déchirait le ventre. Mon appétit s'était volatilisé.

J'étais devenue pâle, totalement anémique, sans trop de force, seule. J'appréhendais, je me faisais des films. Mes exercices de relaxation m'aidaient à canaliser mon angoisse. Parfois, ma sœur me faisait travailler Casta Diva avant le procès pour décompresser. Aujourd'hui, je n'ai pas perdu ma voix, mais j'ai oublié absolument toutes les paroles des chansons de cette époque de ma vie.

Le jour arriva où je dus me rendre au procès. J'avais peur, je n'avais pas dormi. Les larmes refaisaient surface. J'avais froid. Heureusement que ma sœur était là, nous avons pris le RER et le bus. Lorsqu'on arriva enfin, je vis mes amies et quelques personnes que je ne connaissais pas venir assister au procès. C'était surréaliste.

Tout le monde était au point. L'association « Ni putes Ni soumises » s'était également jointe à nous. Leur avocate s'était constituée partie civile. Il n'y avait donc pas une, mais trois avocates. J'étais bien entourée !

L'association « Collectif Féministe Contre le Viol » m'a aussi soutenue et réconfortée tout au long du procès. Deux de ses membres étant constamment à mes côtés lors de l'audience. Il y avait aussi mes amies. Je reçus beaucoup de soutien de leur part, de celle de ma propriétaire aussi, de mes frères au téléphone qui angoissaient pour moi. Mes frères Maurice et Jean-Louis me disaient de ne pas m'inquiéter, que je devais aller jusqu'au bout et ils m'ont énormément aidée en m'apportant une écoute, une prise de conscience lorsqu'ils me disaient que je n'avais rien fait de mal et que je ne devais pas avoir honte. Mes oncles au Maroc me dirent la même chose et étaient impatients de connaître le résultat. Ils m'avaient appelée tous les deux jours dans le mois qui avait précédé l'audience pour me faire part de leur soutien. Lorsque l'on pénétra aux assises, ce fut impressionnant et effrayant aussi. Le procès dura deux jours. Je ne vis pas le temps passer.

Ce que je retiens de ce procès, c'est que le président de la Cour dégageait quelque chose de rassurant. Il avait en quelque sorte une bonne aura. Je me souviens également avoir fait abstraction de tout le reste, des personnes présentes dans la salle, avoir relativisé ma honte d'exposer ma vie. De toute façon, j'y étais contrainte pour faire comprendre mon histoire aux gens. Malgré cette peur au ventre, j'avais une force indéterminée à l'intérieur de moi. J'arrivais au bout. À un moment, je me dis même que d'ici quelques heures, j'allais commencer ma nouvelle vie.

En revoyant F., je replongeai dans les mauvais souvenirs. Je revis les choses insupportables, et me remémorai toutes les violences. Il nia par peur de la honte, de ce que les gens penseraient de lui. On ne tabasse pas une femme pour coucher avec elle trente minutes plus tard. Je n'oublierai jamais. Cela fait partie de mon passé. Dans mon présent, il n'y a pas de place pour ce passé, mais il contribuera à mon futur. Je ne serai plus jamais la même, plus jamais !

La plaidoirie de mes avocates fit son effet. L'avocate de « Ni putes Ni soumises » prit la parole juste avant leur plaidoirie et mit les points sur les « i » à son collègue de la partie adverse qui se demandait pourquoi elle était là. Elle lui répondit à ce moment-là qu'elle avait parfaitement le droit d'être présente, car elle parlait au nom de la société.

Maître Bonaggiunta prit la relève et fit sa plaidoirie. Elle parla avec beaucoup d'empathie et d'humanisme de la souffrance qui était la mienne. Elle a su appuyer sur les bons mots pour transmettre aux jurés tous les pans de mon histoire.

Les personnes de mon entourage furent touchées lorsque Maître Tomasini prit la parole. Ses mots eurent l'effet d'une bombe. J'étais spectatrice, j'étais là sans être là, j'entendais sans entendre, j'observais sans observer, une partie de moi était absente. Le froid me paralysait, les regards des gens m'accompagnaient, les jurés écoutaient avec une ferme attention. On aurait dit une pièce de théâtre, c'était bizarre ! Mes proches découvrirent des choses que je n'avais jamais confiées, qui ne se racontent pas. J'avais tenu à garder mon image de femme forte. Certaines personnes pleuraient dans la salle, d'autres furent outrées et attendaient le verdict avec impatience. Lors des pauses, quelques-uns venaient me voir, me félicitaient, et me disaient que j'avais répondu aux questions de la partie adverse avec classe.

Mes amies, quant à elles, ont reçu des menaces indirectes, des sous-entendus, et des réflexions désobligeantes pour les intimider. Je n'ai pas envie de rentrer plus dans les détails.

Lorsque les plaidoiries furent terminées, vint l'intervention de l'avocat général. Je fus soulagée de constater qu'elle se rangeait de mon côté. Son attitude mit F. face à ses responsabilités et acheva de démontrer aux jurés la violence de ses actes.

Puis la Cour se retira pour délibérer. Je pense qu'ils examinèrent tout : les témoignages de chaque personne, les pièces à conviction, les examens psychologiques des deux parties, les photos, et tous les autres éléments. On attendit un moment avant d'être appelées pour le verdict.

On reprit place. Mon cœur battait fort. Mes jambes et mon cœur entier tremblaient. Je soufflais et pleurais en silence.

La Cour entière a été en ma faveur et F. a été reconnu coupable pour tous les faits qui lui étaient reprochés. À ce moment-là, Maître Tomasini me prit dans ses bras. Des larmes coulaient le long de son visage.

Même si mes certificats médicaux prouvaient tout, la peur de ne pas être crue avait été mon angoisse. Beaucoup de femmes dans ma situation n'obtiennent aucune faveur et n'ont pas la chance d'obtenir ce verdict.

F. s'excusa, mais nia encore une fois le viol devant tout le monde. Ce n'était pas avouable. Ce n'était pas de la mémoire sélective, mais un problème d'image mêlé à la honte ! C'est ce que je pense !

Ce ne fut que lorsqu'il passa près de moi, tête baissée, qu'il m'avoua à voix basse regretter. Plusieurs personnes l'entendirent et m'en firent part. Il n'avait pas pris conscience de la situation et avait tout minimisé !

À ce moment-là, je songeai qu'il allait connaître ce que moi j'avais vécu. Ce n'était pas de la vengeance de ma part. Simplement la roue qui tourne et ce qui arrive lorsqu'on fait du mal à quelqu'un… Un proverbe de Gandhi le démontre : « *Ce que tu gagneras par la violence, une violence plus grande te la fera perdre.* »

Lorsque j'entendis le verdict, je n'étais ni soulagée ni joyeuse. Je n'éprouvai rien de tout cela. J'avais plutôt de la tristesse pour F., je me demandais s'il allait se remettre en question et comprendre le sens de ses attitudes. En même temps, ce n'était que la réponse à ses actes, des conséquences lourdes auxquelles il n'avait pas pensé et qu'il n'avait pas mesurées. L'Invisible auquel il croit lui donnait une leçon de vie pour son évolution personnelle. Je ne le blâmerai pas, je n'en ai pas envie, je n'ai aucune haine envers lui, aucun regret. Tout cela a également été pour moi une leçon qui m'a fait avancer et évoluer. J'ai compris à travers mon combat à quoi servent les épreuves de la vie.

ÉPILOGUE

Après le procès, je remerciai tout le monde avant de partir. Puis ma sœur et moi, on fut invitées par mes avocates. On passa la soirée avec elles. Cela me fit du bien d'être en leur présence, surtout celle de Maître Tomasini. Même si elle a l'apparence de quelqu'un de fort, elle est aussi sensible, mais sans le montrer. Elle et Maître Bonaggiunta étaient contentes. Pour ma part, j'étais toujours dans un état second, car je n'avais pas encore réalisé ce qui s'était passé. Les jours s'écoulèrent et la vie reprit avec une autre couleur. Je n'ai rien d'autre à ajouter, car je ne réalise toujours pas ce qu'il s'est passé, je vis juste au jour le jour, mon passé est derrière moi…

Aujourd'hui, je prends les choses différemment. L'année 2013 a été déterminante et une révélation pour moi, car c'est lorsque je repris la lecture de mes livres de spiritualité que j'avais laissés en suspens au moment où tout allait mal que je me remis à méditer à longueur de journée sur des proverbes de Jiddu Krisnamurti et que je pratiquai simplement la méditation silencieuse. C'est quelque chose auquel j'avais toujours eu recours durant mon enfance et mon adolescence. Sauf que je m'étais complètement éloignée de ce que j'étais en réalité, de ma propre nature et de mon essence. J'avais laissé la vie prendre le dessus sur moi. Je réalisai à ce moment-là que j'étais tombée toute seule dans le piège du destin. Or, pour moi, rien n'est écrit. Nous devons diriger notre vie et non l'inverse. Ce fut à ce moment-là que je me réveillai. Je me demandai ce qui m'arrivait. Je ne me reconnaissais plus. Avec tout ce que j'avais traversé, j'étais forte normalement. Où était passée mon identité ?

Car, à travers la méditation, j'ai appris et compris beaucoup de choses lors de ma rencontre avec moi-même. J'ai découvert qui j'étais en réalité, ce dont j'étais capable, ce par quoi j'étais passée. Je me suis finalement réconciliée avec moi-même et me suis enfin acceptée. Si je suis tombée dans ce genre de relation, c'était parce que je n'avais jamais eu confiance en moi. Le fait que quelqu'un s'intéresse à moi à un moment particulier de ma vie, lorsque j'étais si vulnérable, m'avait rendue aveugle face au pire, à toute cette manipulation, car j'étais en manque d'amour et de reconnaissance. À présent, je sais où je vais, je sais ce que je veux et ce que je ne veux pas.

Pour moi, toutes les choses que l'on traverse sont relatives, il y a toujours des raisons pour qu'elles arrivent. Malgré l'horreur de ce que j'ai pu vivre, je veux voir la part de positif qui existe dans cette histoire : j'ai appris beaucoup de moi. La vie est comme une école où l'on doit passer des examens : si on les rate, c'est que l'on n'a pas intégré la leçon, je pense que tout se répétera jusqu'à ce que l'on prenne conscience de nos propres failles. Chaque événement a un but bien précis. D'ailleurs, un proverbe dit : « *La vie est comme un livre. Ne saute aucun chapitre et continue de tourner les pages. Tôt ou tard, tu comprendras pourquoi chaque chapitre était nécessaire.* »

Je ne regrette rien et n'éprouve pas de remords d'avoir déposé plainte contre le père de ma fille. Il n'y avait pas d'autre issue. Malheureusement, lorsque l'on est victime de maltraitances, notre persécuteur a l'habitude de se nourrir de notre insécurité et son seul but est de nous déposséder de notre identité. C'est ce qu'il se passe réellement, et c'est comme cela que de nombreuses femmes se retrouvent à retirer leurs plaintes ou à tomber sur des personnes non professionnelles, et parfois, on les retrouve mortes sous les coups de leur conjoint.

Cependant, je ne veux pas garder un quelconque statut de victime. Pourquoi ? Car être victime est un état d'esprit pour moi, il faut changer sa manière de penser pour pouvoir se défendre et se ressaisir. Je pense également qu'un échec n'est pas une fatalité, mais qu'il faut continuer de vivre et trouver le moyen de passer à autre chose. Tant que les choses ne sont pas réglées au fond de soi ou restent incomprises, on aura de fortes chances de retomber dans une relation toxique. Il faut retrouver une certaine estime de soi, il faut également faire un travail sur soi-même pour cibler le réel problème afin de pouvoir l'éliminer coûte que coûte, et c'est possible s'il y a un réel désir, c'est ainsi que l'on peut retrouver une estime et une confiance en soi, en sachant s'affirmer et en disant STOP ! Chaque mal a son remède. En ce qui me concerne, la méditation m'a guérie de tout et m'a fait sortir de tout cela, d'autres trouveront sans doute refuge ailleurs, dans la danse, la peinture ou le sport, peu importe, du moment que les choses sont analysées et comprises.

Pour les femmes qui sont perdues, j'ai envie de leur dire qu'il faut se battre ! Le monde n'est-il pas rempli de haine ? Les femmes ne sont-elles pas les premières personnes qu'on tue à cause d'une religion ? que l'on lapide dans certains pays ? que l'on torture pour avoir demandé le divorce dans certaines villes orientales ? que l'on enterre vivantes parce qu'elles ne sont plus vierges ? Moi, j'ai de la chance, nous avons de la chance ! Les lamentations ne sont que des excuses. Se plaindre engendre une perte de temps, et pour sortir du gouffre, il faut le vouloir en passant à l'action. L'action, c'est de maintenir sa plainte, être déterminée dans ses démarches, et ne pas avoir peur de l'inconnu. Si j'y suis arrivée, d'autres peuvent le faire ! Il faut se nourrir de cette pensée chaque jour : « Si on le veut vraiment, on pourra se relever, pour avoir la vie que l'on souhaite. » Ne vous laissez pas conduire par le destin, car justement il est entre vos mains !

Je pense que si l'on a compris, on ne peut plus reproduire les mêmes erreurs. En ce qui me concerne, je ne souhaite plus être victime de qui que ce soit. Aujourd'hui, lorsque je ris ou dépense mon énergie dans plusieurs activités, certaines personnes peuvent penser que toute cette histoire ne m'a finalement laissée que peu de séquelles !

Peut-être que la normalité pour ces personnes serait que je sois en dépression toute ma vie, que je sois toujours malheureuse, et que je sois dépendante des organismes sociaux. Quelle horreur ! La société aurait préféré me voir victime jusqu'à la fin de ma vie. D'après moi, ceux qui pensent comme ça n'ont rien compris au sens de la vie… Battez-vous pour vous ! Pour retrouver votre dignité, pour vos valeurs, pour ce que vous représentez, pour les gens qui vous aiment, attrapez les mains que l'on peut vous tendre, l'aide que l'on peut vous octroyer, et surtout, ce n'est pas vous qui devez avoir honte, car ce n'est pas vous qui avez fait quelque chose de mal ! Relevez-vous et gagnez ce que vous désirez par votre détermination et votre envie de faire changer les choses ! Enfin, partez à la reconquête de votre « être », afin d'avoir la vie que vous méritez !

D'un côté, la société semble ne pas comprendre pourquoi les victimes de violences conjugales restent encore avec leur conjoint pendant plusieurs années, c'est d'ailleurs souvent par peur d'un manque de compassion, d'empathie, et de compréhension que ces femmes préfèrent se taire.

Comment peuvent-elles trouver la force de mener leur combat s'il y a tant de regards méprisants envers elles ?

Enfin, lorsqu'elles arrivent à s'en sortir, la société s'étonne qu'elles n'aient pas la tête d'une victime jusqu'à la fin de leur vie.

C'est quoi ce paradoxe ?

Ne jugez pas sans savoir les détails, ne faites pas de remarques blessantes sans connaître le fond du problème, vous ne pouvez rien dire tant que vous n'êtes pas exposés à ce genre de situation. Ce n'est pas une question de milieu, tout le monde peut y être confronté, que ce soit dans un milieu modeste, un milieu bourgeois et aisé ou de différente culture, c'est juste une question d'estime de soi. On vole l'identité de la personne pour se sentir exister.

Même si l'on est persuadé de connaître une personne et que l'on se dit qu'elle serait incapable de traiter sa conjointe ou son conjoint comme cela, apprenez juste à observer, à lire le comportement des gens et à analyser, car les circonstances peuvent être trompeuses et à la fois étonnantes.

Une chose est sûre, je n'aurai plus le même comportement avec les hommes, je suis moi aujourd'hui ! Je veux garder mon identité. Aujourd'hui, ma situation de célibataire me convient très bien. Ce n'est pas une tare. Je n'ai pas envie de faire comme tout le monde : me caser pour ne pas être seule. Je ne me mens pas à moi-même.

Pour aider les victimes de violences psychologiques, j'ai par ailleurs décidé de créer une association, « À la Reconquête de Soi ». J'espère qu'elle permettra petit à petit aux personnes concernées de retrouver leur estime d'elles-mêmes. Je pense que nous sommes maîtres de nos vies. Chacune de nos pensées, chacune de nos décisions, chacun de nos mots a un impact. Et si nous voulons que les choses changent, il suffit de faire un premier pas, pour que les autres s'enchaînent. Plus il y aura de détermination de la part des victimes, moins il y aura d'issues fatales, tels que les suicides ou les homicides.

Je souhaite que mon histoire vienne en aide aux victimes de violences conjugales pour qu'elles trouvent le courage de porter plainte et d'aller jusqu'au bout du parcours judiciaire pour que tout ce que j'ai vécu ne puisse plus jamais arriver à aucune femme.

Postface

Les 15 et 16 octobre 2013, comparaissait devant la cour d'assises du Val-de-Marne siégeant à Créteil, Monsieur C., pour répondre de violences conjugales et de viol aggravé perpétrés en 2009 sur sa concubine, Samia Jaber.

Si un crime de viol est passible d'une peine de 15 ans de réclusion criminelle, lorsqu'il s'agit de viol conjugal, c'est-à-dire commis sur son épouse, sa concubine, ou sa partenaire liée par un Pacte Civil de Solidarité (PACS), l'auteur risque une peine de vingt ans.

Dans notre affaire, la cour d'assises a reconnu le viol conjugal, mais elle n'a condamné Monsieur C. qu'à la peine de cinq années d'emprisonnement dont seulement trois ans ferme (avec obligation de soins, mise à l'épreuve pendant trois ans et inscription au Fichier judiciaire national des auteurs d'infractions sexuelles ou violentes).

Ce procès a permis de mettre en lumière l'existence de violences sexuelles subies par une femme au sein de son foyer, alertant la société sur l'existence encore aujourd'hui du statut archaïque de certaines femmes dans la sphère privée.

Il faut savoir que chaque année en France, sur 75 000 femmes qui portent plainte pour viol, une fois sur trois, il s'agit de leur mari ou leur concubin.

La décision de la cour d'assises du 16 octobre 2013, si elle s'avère remarquable en ce qu'elle a admis le viol conjugal, illustre malgré tout le paradoxe d'une société qui n'a peut-être pas pris toutes ses responsabilités et qui envoie un message tiède comme en atteste la peine.

Toutefois, il est déjà si rare que les agresseurs soient renvoyés devant une cour d'assises (4 % des viols conjugaux) que ce fut un soulagement :

– D'une part, pour Samia Jaber, d'avoir pu être entendue et reconnue par la cour d'assises comme une victime.

– D'autre part, pour nous ses avocates, qui considérons que ce verdict constitue malgré tout une avancée juridique puisque la responsabilité pénale de l'accusé pour viol conjugal a été retenue.

*

*   *

Pour les juristes, la reconnaissance du viol conjugal n'a pas été sans difficulté.

Sous le Code napoléonien, la femme devait « obéissance à son mari » et, il n'y a pas si longtemps encore, il était considéré qu'une relation sexuelle non désirée relevait du « devoir conjugal ».

En conséquence, le consentement aux rapports sexuels était présumé dans les couples.

Depuis la loi du 23 décembre 1980, le viol est constitué dès lors qu'est établi un défaut de consentement.

De même, le 5 septembre 1990, un arrêt de la Cour de cassation a admis l'existence d'un viol entre époux, mais parce qu'il était accompagné de violences graves.

Ce n'est qu'en 1992 que la Cour de cassation admettra clairement et de manière générale que *« la présomption de consentement des époux aux actes sexuels accomplis dans l'intimité de la vie conjugale ne vaut que jusqu'à preuve contraire »*.

En conséquence, la présomption de consentement de l'épouse continue d'exister, mais elle peut être renversée par une preuve contraire.

C'est la loi du 4 avril 2006 qui consacrera le viol entre époux visé par les textes (a. 222-22 C. pénal) qui précisent que l'ensemble des relations de couple ayant existé entre l'auteur du viol et la victime constitue une circonstance aggravante.

Enfin, la loi du 9 juillet 2010 relative aux violences faites spécifiquement aux femmes, aux violences au sein des couples (a. 222-22 al. 2) et aux incidences de ces dernières sur leurs enfants, précise que le viol est réalisé lorsqu'un rapport sexuel est imposé « *quelle que soit la nature des relations existant entre l'agresseur et sa victime, y compris s'ils sont unis par les liens du mariage* ».

C'est ainsi que la présomption de consentement disparaît et le viol est réalisé lorsque le rapport sexuel est imposé.

Il appartiendra désormais à l'auteur du viol conjugal (conjoint ou concubin) de démontrer que sa femme, sa concubine, ou sa partenaire liée par un PACS, était consentante à l'acte sexuel et non l'inverse, ce qui était le cas précédemment.

Toutefois, compte tenu des liens qui unissent les époux ou concubins, il est rare que les crimes de viol soient pénalement pris en compte et surtout que les auteurs soient renvoyés devant une cour d'assises.

D'une part, parce que peu de plaintes sont déposées et que seulement 10 % des plaintes ne sont pas classées sans suite et aboutissent à des poursuites.

D'autre part, même si l'auteur est poursuivi, l'affaire est souvent requalifiée ; de l'accusation de viol, qui est un crime, à celle d'agression sexuelle, considérée comme un délit, ce qui implique que l'auteur est renvoyé devant un tribunal correctionnel.

C'est pourquoi les victimes vivent ce « désaveu de la justice » comme une diminution de l'horreur qu'elles ont subie, une négation, une seconde fois, de leur volonté et de leur liberté, une annihilation de leurs souffrances.

L'affaire Jaber souligne l'aspect paradoxal de ce message sociétal.

En effet, comment expliquer que, pour un viol aggravé, dont la peine encourue est pourtant supérieure, passant de quinze à vingt ans de réclusion, soit généralement prononcée une peine inférieure à celle qui l'aurait été pour un viol sans cause d'aggravation ?

Pourquoi cette circonstance « aggravante » est-elle si souvent « atténuante » ?

La souffrance des victimes de viols conjugaux est-elle véritablement prise en compte lorsque la peine prononcée est si faible ?

Il apparaît que le viol conjugal reste, en France, un des derniers tabous de la société.

Notre pays latin, où demeure, dans plusieurs domaines, un rapport de domination entre les hommes et les femmes, continue manifestement à minorer la gravité de ce crime et ses conséquences post-traumatiques sur les victimes.

Aussi, il s'avère impératif d'attirer l'attention des pouvoirs publics sur ce fléau, pour qu'ils prennent des mesures à la hauteur de la gravité de l'acte de viol conjugal et puissent aider et protéger les victimes dans leur démarche ainsi que radicaliser les sanctions. Car le mariage, ou le concubinage, ne donne aucun droit de disposer du corps de « sa » partenaire.

Janine BONAGGIUNTA
Avocat au barreau de Paris

Remerciements

Merci à vous mes frères, Jean-Louis et Maurice, de votre soutien tout au long des procédures pour que je tienne le coup, ainsi qu'à ma mère.

Jacky, ma grande sœur que j'aime beaucoup, pour ton soutien, ton écoute, ta patience et tous tes conseils.

Alice S. pour ta confiance envers moi, Karine R. pour ton soutien également.

Virginie et Murielle pour votre dévouement et votre patience, je vous aime !

Sarah Helfer, je te remercie d'avoir su être là pour moi.

Mon oncle Abdallah pour tes conseils précieux et ta lucidité, et ma tante qui est comme une mère.

Jacques Benhamou pour m'avoir tendu la main et donné la chance d'aller de l'avant.

Yves Michalon pour avoir cru en moi, m'avoir poussée et soutenue.

Anaïs, je te remercie pour ton dévouement.

Maître Bonaggiunta et Maître Tomasini, la plus belle rencontre que j'ai faite, merci à vous deux, les cow-girls du barreau !

Maître Tomasini, vous demeurez à présent dans ma vie et en ferez toujours partie !

Composition et mise en page : SIR
Dépôt légal : mai 2014
N° d'édition : 745
N° d'impression : 163582